30歳からの漢詩エントリー

それは「どう生きるか」を考えること

山口謠司

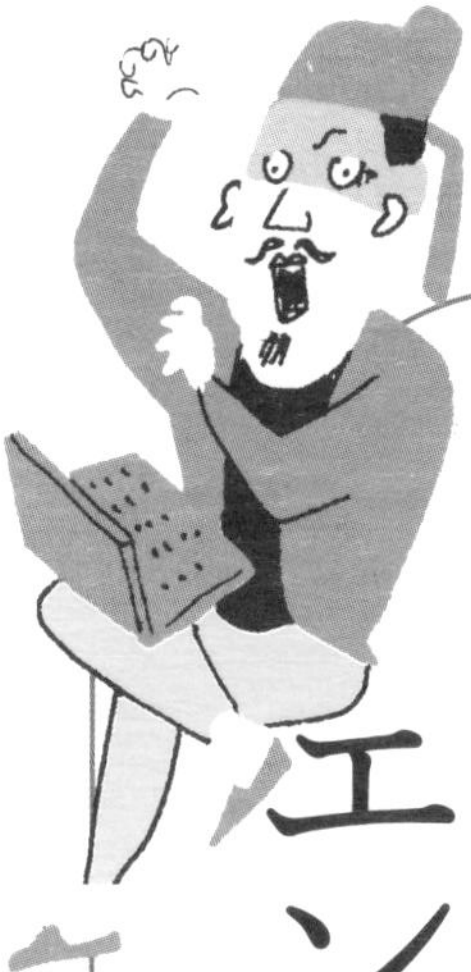

dZERO

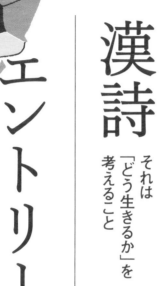

はじめに

人が、楽しく、元気に、明るく、日々を生きる原動力は、どこから湧《わ》いてくるものなのか。

家族のため、愛する人のためと思うと、生きることができるのか。あるいは、自分の人生で全《まっと》うすべきことがあれば、楽しくワクワク生きていくことができるのか。

しかし、周りを見回してみて、いつもニコニコ、明るく元気に、楽しく生きている人を見かけることは、甚《はなは》だ少ない。

大学の会議に出ると、暗い顔をして、下を向いて、イライラした教員ばかりである。

専門のことはよくご存じで、すごいなぁと思うことはあるけれども、友だちになりたいと思う人はほとんどいないし、パーティーなどで一緒になっても、ワクワク、楽しく、元気に、明るくなるという人もいない。

これは、もしかして、ぼくの周りにいる文学関係の研究者という類《たぐい》の人たちだけの傾向なのだろうか。

もちろん、その中には、大きな文学賞を受賞した人もあれば、メディアで活躍している人もいる。

でも、一緒にいてワクワクするような感じはしないし、彼らが日々を楽しく、元気に、明るく生きているのかどうかもわからない。

「元気？　楽しい？　明るい？」と訊《き》くと、「いやー」とか「ぼちぼち」とか、判で押したような答えが返ってくる。

なかには、「生きていくのは辛《つら》くてやりきれない」と言う人だっている。

どうして？　と訊くと、忙しすぎるからとか、憂鬱《ゆううつ》で眠れないから、と。

忙しいなら、その忙しさを軽減するように、憂鬱なら山か海などにでも行って気晴らしをしてみたりすればいいのにと言うのだが、彼らにしてみると、そんなことを考えるのでさえ「忙しさ」や「憂鬱」の種なのだそうである。

しかし、それでは、何のために「文学」を研究しているのか。

「文学」とは、人の心を豊かにするものではなかったのか。

心を豊かにすることが、必ずしも楽しいこととは限らないじゃないかと反論されたこともある。

でも、と思う。

タイムマシンで、孔子《こうし》や孟子《もうし》、司馬遷《しばせん》、杜甫《とほ》、白楽天《はくらくてん》（白居易《はくきょい》）、紀貫之《きのつらゆき》、夏目漱石《なつめそうせき》、川端康成《かわばたやすなり》などに会って話すことができたら……と思う。もし、それが叶《かな》って会うことができたとしたら、彼らもきっと、一緒にいてワクワク楽しくなるというような人たちではなかっただろうなぁとも思う。

李白は会って話すと楽しいかもしれないけれど、毎日お酒に浸《ひた》ってグデングデンになって、世を恨《うら》んでの罵詈《ばり》雑言《ぞうごん》、才能のない人たちのことを貶《けな》しての大言壮語《たいげんそうご》。李白でさえ、生きる原動力が何か、楽しくワクワクワクする人生とは何かを教えてくれるような人でなかったという予感がする。

「むかしはよかった」という言葉を聞くことがよくある。

本当かどうか知らないが、縄文人は、約二万年の間、人同士が殺し合いをした形跡がないとか、江戸時代は、コミュニティ全体が子どもをとても大事に育てる環境だったなどである。

しかし、それならば、「むかし」の人々は、楽しく、元気に、明るく、毎日を生きていたのだろうか。

江戸時代の文学者も、大田南畝《おおたなんぽ》、十返舎一九《じっぺんしゃいっく》など文化文政のころは楽しそうだが、筆禍《ひっか》でお縄になったり、切腹させられたりと、いつ何があってもおかしくない恐怖の時代だったことも確かである。

それにしても、黒澤明《くろさわあきら》監督の映画『生きる』（一九五二年公開）ではないが、「死」を意識することで初めて「生きる」ことの意味がわかるとするなら、子どものときの無邪気《むじゃき》な楽しさ、明るさ、元気さは、一体どこに消えてしまったのか、一体いつ、我々はそれを捨ててしまったのだろうか。

人生は苦しみに満ちたものだと言う人がいる。

家族、恋愛、仕事など、さまざまな人間関係、生きるために必要なお金のやりくり、健康と病気への備え、老いと死ぬことへの不安など、生きていることはすなわち、苦しみの連続である、と。

「苦しみ」は、少しずつ真綿《まわた》で首を絞めるようにやってくる。だとすれば、苦しい「現実」から一気に抜け出そうとしても、瞬く間《またたくま》に脱出することはできないのかもしれない。「脱出」を目論《もくろ》んで、もがけばもがくほど、苦しみで、がんじがらめになってしまうということさえある。

漢詩は、耳を塞《ふさ》ぎ、目を閉じ、外的な世界を遮断《しゃだん》して、自分だけの静謐《せいひつ》な世界に浸《ひた》ることができる空間である。

瞑想《めいそう》、あるいは禅《ぜん》、最近の言葉ならマインドフルネスという、不思議な世界へと誘《いざな》ってくれる魔法の扉である。

漢字をひとつひとつたどっていると、漢字が出すオーラが熟語となり、文章となり、全体でひとつの世界を創り出す。

黙ってじっと漢詩の文字を脳に浮かべながら、詩全体へとイメージを広げていくと、苦しみも悲しみも、辛さも忘れて、「人」であることの喜びや楽しさや元気が、ジュワーッと沸《わ》き立つように感じてくるようになる。

もちろん、そのイメージを作っていくためには時間はかかるだろう。

しかし、時間をかければかけるほど、漢詩の中に、縦横に織り込まれた深い文様《もんよう》と、我々に生きる希望を与えてくれる世界があることに気がつくに違いない。

子どものときに感じていた無邪気さ、そして毎日を明るく元気に楽しく生きるための原動力を、漢詩が全部用意してくれるとは言わないが、それでも、漢詩の「核」には、古人の知恵と「元気」が封じ込められている。

「我々はどこから来たのか　我々は何者か　我々はどこへ行くのか」と、ポール・ゴーギャンはキャンバスに描き残している。

答えは、どこにもない。しかし、答えはどこにでもある。漢詩はそのひとつである。人は何を求めて、何を生きる原動力として漢詩を書いていったのか。本書で、その答えをわずかでも感じていただければ幸いである。

目次　30歳からの漢詩エントリー

第一章 陸游、絶望のなかのユートピア

莫莫莫
ああ、どうすればいいのだろう

第二章
漱石、東洋的理想郷への希求

是無心
そこには無心のみがある

第三章
杜甫、生きるためのラブレター

竟何之　どこへ行けばいいのだろう

第四章

蘇東坡、「楽しむ」へのこだわり

値千金

千金に値する

第五章
河上肇、共産主義と挫折と

間臥作詩
ただ寝転んで詩を作る

終章 古代中国の「心」を探る

30歳からの漢詩エントリー

それは「どう生きるか」を考えること

〈凡例〉

＊本書では原則として、引用文を含め、「常用漢字表」に示されている通用字体、「人名用漢字」（法務省）の通用自体を使用しています。これら以外の表外漢字については、「表外漢字字体表」（第22期国語審議会）に示されている印刷標準字体を使用しています。

＊引用文については、旧字体（旧漢字）は新字体（新漢字）に改め、歴史的仮名遣い（旧かな）は現代仮名遣い（新かな）に改め、繰り返し符号はかなや漢字に改め、適宜、ふりがなを付しています。送りがなは原文のままですが、カタカナをひらがなに改めています。

序章
時空を超えて共振する

音によって感情を共有

どこの国にも神話があります。

そして神話は、語《かた》り部《べ》たちによって子孫へと伝えられました。自分たちがどこから来たのか、自分たちが住む土地はどういう神様が作ってくれたのか……まだ社会が発達する以前、神話は人が生きるために、自らが属する部族の存在理由を教えてくれる不可欠の話でした。

だから語り継がれなくてはならないのです。

ギリシャ神話に限らず、世界各国にある神話が韻《いん》を踏んだ詩で作られているのは、もちろん暗唱するのに便利なためです。

人間の発する音は、命です。

音は、喜怒哀楽の感情を示してくれる最良の道具です。

たとえば「ガン（ガーン）」という発音を聞けば、「何かにぶつかる」ような感覚を持ち、「ポン（ポーン）」という音を聞けば、「何かがはじける」ようなことを頭の中に思い浮かべるでしょう。

これは決して日本語を母国語にしている人たちだけが感じることではありません。言葉にはならないまでも自然の音を声で真似《まね》ることによって、人はある程度の感情を相手に伝えることができます。

ジャズなどでは、こうしたことが歌詞に利用されている場合が多くあります。それは人種間の差違を超越して音によって感情を共有しようとする、ある意味では汎《はん》世界的な考えがあるからでしょう。

クラシックなどの特殊な教育を受けた人間だけでなく、鍋《なべ》を叩《たた》き、口笛を吹き、ガラガラの声で歌ったって構わないジャズは「参加」を誘発し、よって街のあちこちに空間を共有する「場」が生まれてきます。それがハーモニー（調和）や、シンパシー（共感）という空間を作り、そしてそれが共通する価値観を作るのです。

内容ももちろん大事でしょうが、音の連鎖によって恐怖や喜びを音楽的に表現することは、話に臨場感をもたらすという点においても、不可欠の要素だったに違いありません。

『楚辞』が示す感じ方の違い、生き方の違い

中国で作られた神話のうち、こうした詩の形でもっとも古い形を残しているものは、

『楚辞《そじ》』と呼ばれるものです。

この書物は、「楚」という今の上海《シャンハイ》を中心にした揚子江《ようすこう》（長江《ちょうこう》）下流の肥沃《ひよく》な大地に大きく広がった国のあちこちに伝わる神話を、屈原《くつげん》という人物が編集したものです。

ただ、これは楚の地方で使われていた方言で書かれていたものが漢代（紀元前二〇〇〜紀元九）に漢文に翻訳されたらしく、今我々が読む『楚辞』を開いても、当時の音による雰囲気を知ることはできません。

しかし、この本には、動植物が数限りなく登場します。翻訳された漢文から屈原が編集したときの言葉の音やリズムなどは聞こえなくても、たぶん、この地方に住む人たちにとっては、『楚辞』に出てくる草、木、動物、鳥などは、毎日見たり聞いたり、食べたり飲んだりしたものだったのでしょう。そうした人たちにとってみれば『楚辞』はジャズのように、共感することのできる書物だったに違いありません。

さて、この書を編集した屈原は、最後には自分の身の振り方がわからなくなってしまって入水自殺《じゅすい》をするほど、切迫した人生を送った人物でした。

王族でありながら政治から放逐された彼は、西北から攻めて自分の祖国を奪おうとする秦《しん》の脅威に対して、必死で、自国の文化を文章にして残そうとしました。

司馬遷《しばせん》『史記《しき》』には、彼が自殺する前に一人の漁師から人生を揶揄《やゆ》される場面が記されています。

憔悴《しょうすい》しきって頭を抱えてトボトボと湖のほとりを歩く屈原のところに、一人の漁師が舟を漕《こ》ぎながら近づいて言う。

「おっと！　アナタは王族の人じゃあありませんか。いったいこんなところで何をなさってるんでさぁ」

「だれもボクの言うことを聞いてくれないんだよ。この大事なときに……国力を上げて秦に対抗しないといけないのに、懐柔《かいじゅう》策で秦の言いなりになってしまっているんだ。ああ、世の中は間違っているよ。正しいのはボクだけだ」

「聖人は物事にかかわらず、時代の流れと一緒に変化できるもんだと言いますぜ。なんで自分だけが正しいなんてこと言って、嫌われ者を買って出る必要がありますかい。世人《せじん》がすべて濁《にご》っていれば、ご自分も一緒に泥をかき乱して波をたてようとなされませぬ。人々がみな酔っているなら、なぜご自分もその酒糟《さけかす》を食って糟汁《かすじる》までも啜《すす》ろうとなされませぬ」

「諺《ことわざ》にもあるではないか。『髪を洗ったばかりの者は、必ず冠《かんむり》の塵《ちり》を払ってから被《かぶ》り、湯浴《ゆあ》みしたばかりの者は、必ず衣服をふるってから着るものだ』と。どうしてこの清らかな我が身に汚《けが》らわしいものを受けられよう。いっそこの湘水《しょうすい》の流れに身を投げて魚の餌食《えじき》となろうとも、純白の身を世俗の塵にまみれさせられるものか」

漁師はにっこりと笑い、櫂《かい》をあやつって歌いながら漕ぎ去ってしまう。

滄浪之水清兮
可以濯吾纓
滄浪之水濁兮
可以濯吾足

滄浪《そうろう》の水《みず》　清《す》まば
以《も》って吾《わ》が纓《えい》（冠《かんむり》の紐《ひも》）を濯《あら》うべし
滄浪の水　濁《にご》れば
以って吾が足を濯うべし

訳してみましょう。

滄浪（川の名前）の水が澄んでいれば、
冠の紐を洗うがよい。
滄浪の水が濁っていれば、
自分の泥足を洗うがよい。

この詩は「漁父《ぎょほ》の辞」と呼ばれ、屈原が作ったといわれています。

中国の文学の根底にあるのは、屈原と漁師の姿です。

彼らの生き方は、正しいか？　間違っているか？

もちろん、決まった答えなんかありません。

人にはそれぞれの生き方があります。

生き方の違い、それはすなわち感じ方の違いでもあります。

同じものを見ても、違うように見ることできる力を『楚辞』が示しているのは、まさにそのことを伝えるためです。

文明を「編集」した孔子

古代と言ってもずっと、ずっとむかし、むかし、まだ人が狩猟《しゅりょう》によって生活をしていた時代、中国には狩猟を教えてくれた神様がいたとされます。名前は伏羲《ふくぎ》（庖犠《ほうぎ》と書く場合もある）。彼は狩猟、牧畜を教え、そして文字も創ったとされます。これが中国の最初の帝王です。

次に現れるのは神農《しんのう》です。彼は今でも漢方薬屋さんなどに行くと肖像が掛けられていたりして見かけることもありますが、いわゆる本草家《ほんぞうか》と呼ばれる、植物の専門家です。

山に分け入り、ありとあらゆる草木を口にして、食物になるもの、薬になるもの、毒になるもの……と、自分の身を実験台として食い漁《あさ》り、選《よ》り分けていったと伝えられています。そして、彼は農耕も教えていました。

農耕が始まると、人間は狩猟の時代以上に共同で作業をすることが必要になってきます。田植え、草刈《くさか》り、稲刈り、脱穀《だっこく》……こうした作業を行うときに、彼らは必ず民謡を歌います。

人々は、歌でリズムを取りながら、協力して流れ作業を行っていきます。この音楽を創ったとされる神様が黄帝《こうてい》です。そしてまた彼は、暦《こよみ》の神様でもありました。これもまた、農業には不可欠の季節というリズムを司《つかさど》るものです。変なときに種蒔《たねま》きをしても、作物は、実りはしないでしょうから。

こうして、狩猟だけの生活から農耕文化が起こると、それぞれの部族をとりまとめて政治によって国家体制を作り上げようとする人が現れます。

そんななか、中国を初めて統一したのは、尭《ぎょう》という神様でした。

この神様には子供がいました。本来なら国を統一した人ならだれしも、自分の息子にそれを譲ろうとするでしょう。しかし、尭は子供たちの能力がそうするには十分でないことを知っていました。

……こいつらに国を任せたら、きっとまた、バラバラになってしまうに違いない。

彼は、自分の臣下《しんか》であった舜《しゅん》に、国を譲ってしまいます。

この尭から舜……と受け継がれていく歴史は『書《しょ》』（『尚書《しょうしょ》』『書経《しょきょう》』）という書物の中に書き継がれます。

『書』には、尭が舜に国を預けるにあたって言った言葉が刻まれています。

その言葉は、「允執厥中（まことにその中《ちゅう》を執《と》れ）」でした。

「長すぎてもダメ、短すぎてもダメ。人民が必要としていることにピッタリと中《あた》る」ような政治をしなさいということなのでしょう。

そして、舜もまた自分の子供には帝位を譲らず、臣下の禹《う》へと授けて死んでいきます。

そのときの言葉は、「人心惟危、道心惟微。惟精惟一、允執厥中。（人心《じんしん》これ危うく、道心《どうしん》これ微《かす》かなり。これ精《せい》、これ一《いつ》、まことにその中を執れ）」であったと伝えられています。つまり「人間の心がバラバラになり、伏羲からずっと伝えられてきた大切な道もはっきりと見えなくなりつつある。精魂《せいこん》を傾けてまことにその中を執れ」と。

こうして、「中国」を伝え、受け継いでいく神様や人を中国では「聖人」と呼びます。

具体的にはもちろん土地であったり、人民だったりするのでしょうが、それは同時に

「道」という言葉では説明できない「何か」でもありました。

孔子がやったことは、その「何か」を書物として編集したことだったのです。

「何か」とは「文明」です。

「文」とは「文章」のことを言います。そして「明」とは「明るくなる」「理解する」こと。

つまり、「文明」とは「書かれたものをあらゆる人間が目を開き読むことによって、世界の創られ方、創り方を学ぶことができるようにすること」なのです。だからこそ、ヨーロッパの諸言語でも「civilization《シヴィリゼーション》」……未開の人の目を開かせて「市民化」するという意味で使われます。

それまで口伝《くでん》のような形でしか存在しなかったものを、孔子は「文章」に編集し、そして弟子を育てることによって理想の世界を創り出そうとしました。だからこそ、孔子は今にいたるまで「聖人」と呼ばれる人間として尊敬を受けるようになったのです。

『論語』（陽貨篇《ようかへん》）には、次のような孔子の言葉が収められています。


小子、何莫学夫詩、詩可以興、可以観、可以群、可以怨、邇之事父、遠之事君、多識於鳥獣草木之名。

小子《しょうし》、何《なん》ぞ夫《か》の詩を学ぶこと莫《な》きや。詩は以《も》って興《お》こすべく、以《も》って観《み》るべく、以《もっ》て群《ぐん》すべく、以《も》って怨《うら》むべし。邇《ちか》くは父に事《つか》え、遠くは君《きみ》に事《つか》え、多く鳥獣草木《ちょうじゅうそうもく》の名《な》を識《し》る。

お前たち、どうしてあの詩というものを学ばないのだ。詩は心をふるいたたせるし、物事を観察させるし、人々と一緒に仲良く暮らさせることができるし、怨《うら》みごとも巧《うま》く言わせるものだ。近いところでは父にお仕《つか》えし、遠いところでは君にお仕えすることもできる。それに鳥獣草木《ちょうじゅうそうもく》の名前もたくさん覚えられる。

「詩」は、だれにでもわかるもの、それが世界を創り、それを覚えたものは世界に貢献できる資格を持つ……という考え方が、孔子の考えにはありました。

「編集」なくしては、ただ書かれただけの文章はだれもが読める「書物」にはなりません。書物を「編集」することは、「作る」ことだけに専念する人間以上の能力が必要なのです。

「邪な思いのない詩」とは

そして『論語』（為政篇《いせいへん》）には、詩について次のような言葉も収められています。

子曰、詩三百、一言以蔽之、曰思無邪。

子曰《しいわ》く、詩三百《しさんびゃく》、一言以《いちごんも》って之《これ》を蔽《おお》うえば、曰く思《おも》い邪無《よこしまな》し。

「詩」三百篇《さんびゃくへん》を一言《ひとこと》で言うなら、邪心《じゃしん》がないということだね。

「邪《よこしま》な思いのない詩」とは、どういうものなのでしょうか。

実は、彼もまた、先に挙げた屈原同様、切羽《せっぱ》詰まった考えに固執《こしつ》していました。

彼が生きたのは、春秋《しゅんじゅう》時代（紀元前七七〇～紀元前四〇三）の末期です。次の戦国時代になると、中国はあちこちの国が戦争状態になって、結果的に秦《しん》の始皇帝《しこうてい》が国を統一するまで、動乱の時代に入ってしまいます。

孔子は、こうなることが、少なからずわかっていました。なぜかと言うと、彼は時代をむかしに戻すことができないだろうかと考えていたからです。みんなが家族だったらいいのに……そしたら喧嘩《けんか》もしなくてすむのになぁ……と。

紀元前一〇三〇年ごろ、殷《いん》を滅ぼし周《しゅう》という王朝を建てた武王《ぶおう》は、鎬京《こうけい》（現・陝西省《せんせいしょう》西安《せいあん》）に都を置き、自分と親戚《しんせき》関係にある「姫《き》」という姓の諸侯《しょこう》を多く各地に封《ほう》じて政治を行いました。

初めのころは、一緒に殷を倒して専制政治を止《や》めさせたのだから、と別の姓の諸侯も周に対して忠誠を誓うような、「みんな家族、みんな友達」という体制ができていました。

ところで、中国では伝統的に「五親等《ごしんとう》」までを家族と考え、六親等を過ぎると「赤の他人」になってしまうという考えがあります。自分を中心として、父親の兄弟の子供の子供の子供……というように時代を経れば、次第に「家族」であった国々は、「他人」になってつきあいが疎遠《そえん》になります。

孔子が生きた春秋末期は、まさにこうした「他人」がたくさん出てしまった時代です。

うまくいくはずがありません。

隣の国の領土を奪って、自分の勢力を伸ばすことが可能になったということです。自分の身は自分で守るより外《ほか》に方法はない。すでに親鳥のように自分を守ってくれる後見者《こうけんしゃ》がいなくなってしまったのです。

「むかしはよかったのになぁ」と、考えたのは孔子だけではなかったはずです。しかし、そういう懐古《かいこ》主義に浸《ひた》っていては、どこから攻められるかわかりません。戦国時代に入ると、さまざまな思想がいろいろなところから出てくるのは、当然でした。

老荘《ろうそう》（戦国時代の思想家、老子《ろうし》と荘子《そうし》）の思想は、「ああ、こんな状況になっちゃって……どこから手をつければいいのかわからない。まずは自分の身の安全を考えなくっちゃ」というところから出てくるし、法の思想は、だれがどこに寝返って裏切るかわからない事件を未然に防ごうとして発生します。

また孫子《そんし》など兵家《へいか》の思想は、どうやれば効率よく相手を攻め落とせるかという考えから生まれたものです。

そして孔子は、屈原が民謡を集めたのと同じように、「一言で言ってしまえば、邪《よこしま》なものではない」三百篇の詩を編集しました。「邪」は、「食い違った組木《くみき》がうまく噛《か》み合っていないこと」を指す字です。

一方が長すぎたり、短すぎたりすると、組木細工《くみきざいく》はピッタリと合いません。「中《ちゅう》を執《と》っていない」状態のことを別の言葉で表したのが、「邪」なのです。

「民が必要としていることを直接見て、感じ取れること」が「徳」です。つまり、孔子の編集の原則には、『書』に書かれた「允執厥中（まことにその中を執れ）」という「徳」を目指した態度そのものがあったと言うことができるでしょう。

　したがってこうして集められた『詩《し》』は、伏羲《ふくぎ》、神農《しんのう》、黄帝《こうてい》、尭《ぎょう》、舜《しゅん》、禹《う》……と伝えられてきた「徳」や「中《ちゅう》」が「詩」の面で表現されたものです。そして、儒家《じゅか》はのちにこれを『詩経《しきょう》』と呼ぶようになります。

「経」が、「決して切れない、切ってはならない縦糸」であるとすれば、儒教を国家の原則とした古典の中国世界に生きた人々が、ここに詩の理想を見ようとしたのも当然でしょう。

　だけど、理想だけで詩が作れるのでしょうか……。

「経」となった『詩』は、作ることを誘発するのではなく、時代の鏡として理解し政治や哲学を深めるための教科書として読まれるようになっていきます。

　孔子は、『詩』に収載されている詩が人間の自然の発露《はつろ》として作られたもので、これは政治と無関係ではないと言います。厳しい政治が行われると、民《たみ》はそれに耐えられないという哀しい歌を歌います。明るい政治が行われれば、民は為政者《いせいしゃ》を賞賛するような歌を歌うでしょう。

　彼にとって「詩」とは、「民の喜怒哀楽」を映し出す政治のバロメーターの役割を果たすものだったのです。

それはそうかもしれません……第二次世界大戦の最中に作られた多くの軍歌は、兵隊の志気を高揚するために政府の肝煎《きもい》りで作られ、歌われたものでしたし、一九七〇年代のフォークソングは、不透明な政治に対する若者の反発として読み取ることができるわけですから。

『論語』（述而篇《じゅつじへん》）には「子所雅言、詩書執礼、皆雅言也。」とあります。「孔子が文字の正しい発音で読んでいたのは、『詩』と『書』であった。また儀礼を行うときにも美しい発音をしていた。つまり、『詩』と『書』を読み、儀礼を行うときには正しく美しい言葉を使っていたのだ」という意味で、詩を共通語として重要な働きをするものとして孔子が考えていたことがわかります。

孔子は多くの国の民謡を編集して『詩』という書物を作ったと書きましたが、たぶん……それぞれの方言で書かれていた民謡を、彼はすべて「共通語」に翻訳したに違いありません。

だからこそ、「物事を観察させるし、人々と一緒に仲良く暮らさせることができるし、怨みごとも巧く言わせるものだ。近いところでは父にお仕えし、遠いところでは君にお仕えすることもできる。それに鳥獣草木の名前もたくさん覚えられる」というような役に立つものとして、重要な書物として『詩』を弟子に教えたのでしょう。

周の建国時代の理想的な形に戻すことが大切だ！　そのためには、方言なんていう垣根を壊して「共通語」を作るようにしなくちゃいけない！　……孔子の思想は「徳」を標榜《ひょうぼう》しながら、こうした全体主義的な考え方があったように思われます。……もちろん危機感を持った繊細な頭脳の人であれば、そうならざるを得なかったかもしれませんが。

こうした考えを壊したのが、先に示した屈原の『楚辞』です。

「知」の『詩』、「情」の『楚辞』

孔子が死んだのは紀元前四七九年、そして屈原の自殺はだいたい紀元前二七八年ごろだとされています。彼らの生きた時代には約二百年の開きがあります。

孔子の時代は、まだ理想を語ることができる時代でした。しかし、屈原の時代には、もう理想などはありませんでした。あるのは弱肉強食の世界で、生き残るものと、滅ぼされるものだけ……。

『詩』とはまったく違う、もっと緊張した自国の言葉を使った悲鳴のような『楚辞』が屈原のような人間から生まれて来るのも自明《じめい》だったのではないでしょうか。

『楚辞』と『詩』は、こうしてのちの時代、詩を作る人たちの両輪となります。前者は「情」を、後者は「知」をその根源に置いていると言えるでしょう。

言い換えれば、生き方の違い、感じ方の違い、言葉の違い、そうしたものを認めて詩を作る方法と、孔子が作り上げた『詩』を儒教の経典とし、神話の時代から聖人を通してずっと伝えられてきた「中国」の「中」を理想として詩を作る方法、それがその後の中国の詩の両輪となっているということです。

ところで、『詩』は、中国でもっとも早く編集された詩集です。日本の書物で言えば、『万葉集』がこれに当たります。

儒教の経典となってしまえば、当然政治的な色合いが濃くなっていくのは否《いな》めませんが、この『詩』にはとても重大な呪術性《じゅじゅつせい》が隠されているということも見逃せない特徴です。

『万葉集』の開巻第一には、大泊瀬稚武天皇《おおはつせわかたける》（雄略天皇《ゆうりゃく》）の次のような歌が載っています。

こもよ　みこもち　ふくしもよ　みぶくしもち　このをかに　なつますこ　いえきかな　のらさね　そらみつ　やまとのくには　おしなべて　われこそをれ　しきなべて　われこそませ　われにこそは　のらめ　いえをもなをも

この歌は、何を言っているかというと……。

籠《かご》もよい籠を持ち、へらもよいへらを持って、この春の丘で菜《な》をお摘《つ》みになっている娘さん。あなたの家はどこか聞きたい。さあ言いなさいよ。この天《あま》が下《した》の大和《やまと》の国は私が押《お》し靡《なび》かせて（舵取《かじと》りをして）いて、私が統《す》べ治《おさ》めているのだよ。さあ、あなたも私に教えてください。あなたの家も名も。

『古事記』を見ても知れるように、この天皇はとにかくあちらこちらで女の子をナンパしている人で、この歌もそういうエピソードの一つです。ただし、これはただのナンパではありません。名前を訊《き》き、自ら名前を教えるというのは結婚のプロポーズです。すでに丸《まる》谷才一《やさいいち》氏に指摘されるように、この歌は天皇の子供を作り、国を豊かにするというもっとも大きな職務を示したものである、と。

しかし、それは『万葉集』編者の独創ではありません。この編者は、『詩』の示唆《しさ》するところに従ったのです。

『詩』の初めには「桃夭《とうよう》」という詩が置かれています。直訳すれば「若々しい桃《もも》」です。

桃之夭夭　灼灼其華
之子于帰　宜其室家
桃之夭夭　有蕡其実
之子于帰　宜其家室
桃之夭夭　其葉蓁蓁
之子于帰　宜其家人

桃《もも》の夭夭《ようよう》たる　灼灼《しゃくしゃく》たる其《そ》の華《はな》
之《こ》の子《こ》于《ここ》に帰《とつ》ぐ　其《そ》の室家《しっか》に宜《よろ》し
桃《もも》の夭夭《ようよう》たる　蕡《ふん》たる有《あ》り其《そ》の実《み》
之《こ》の子《こ》于《ここ》に帰《とつ》ぐ　其《そ》の家室《かしつ》に宜《よろ》し
桃《もも》の夭夭《ようよう》たる　其《そ》の葉《は》蓁蓁《しんしん》たり
之《こ》の子《こ》于《ここ》に帰《とつ》ぐ　其《そ》の家人《かじん》に宜《よろ》し

桃は若々しく美しく、その華は燃えるように咲いている。
この娘はお嫁に行く。嫁入り先の家庭ともうまくやっていくだろう。
桃は若々しく美しく、その実はたわむほどになっている。
その娘はお嫁に行く。嫁入り先の家庭ともうまくやっていくだろう。
桃は若々しく美しく、その葉は盛んに茂っている。
その娘はお嫁に行く。嫁入り先の家庭ともうまくやっていくだろう。

中国では古来、「桃」は富貴《ふうき》、豊穣《ほうじょう》、魔除《まよ》けを象徴するものでした。

その「桃」が「夭夭（年若く）」、「灼灼（盛んに咲き）」、「有蕡其実（たくさんの実を実らせ）」、またその「葉蓁蓁（葉もたくさん茂る）」。

また、女性を喩《たと》えて「桃」とするのは、言うまでもなく色事《いろごと》をも意味し、しかも彼女は、「家（家族）」「室（夫婦のベッドルーム）」にふさわしい美しい女性なのであり、この家に嫁《とつ》ぐのです。

豊穣を祈念するという意味においては、この詩は、大泊瀬稚武天皇の歌以上の力強さがあるのではないでしょうか。

それに、ここにはもう一つ、天皇や中国の帝王たちがやる重要な「国見《くにみ》」という行事が隠されています。それは、先に記したように、この歌は「国風《こくふう》」（民謡）に属する篇に収められているためです。

国を視察し、うまく政治が行われているかを自分の目で確かめ、子供をたくさん産んで子孫を繁栄させるということが、国王や天皇のもっとも大きな仕事だったのです。

孔子が編纂《へんさん》した書物は『詩』だけではありません。『易《えき》』、『書《しょ》』（『尚書《しょうしょ》』）、『礼《らい》』『春秋《しゅんじゅう》』を合わせて五経《ごきょう》と呼ばれるものが彼の手を通して弟子に伝えられ、漢という帝国が作られて以降、官吏《かんり》になる者はこれらを暗唱しなければなりませんでした。

暗記と言っても、たとえば「π《パイ》」はいくつ？　と聞かれて、頭から「三・一四一五九二六五三五……」と言うようなものではありません。どこにどの言葉がどのように使われているのか、漢字一字か二字を見ただけで、その文章全体がスラスラと言えるというような暗記の仕方です。

それは、こうした経典の文字が、宇宙のすべてを言葉として表されたものと考えられていたからです。つまり、これは彼らにとって、文学や哲学というよりも「物理」にも似たものだったのです。

科挙の試験問題は、こうした暗記をもとにした解釈であり、またそうした古典に使われている言葉を引用しながら、文章を綴《つづ》らなくてはなりませんでした。

文人と呼ばれ、詩を作る人たちが、こんな考え方を共通して持っていたとすれば、彼らが作る詩に古典の言葉が見えてくるのも当然でしょう。

そしてそれが何世代にもわたって行われ……古典を引用されて作られた詩や文章が引き合いに出されて、また新しい命を吹き込まれていく。漢文、漢詩の読みにくさというのは、まさに、こういうところにあります。

中国の古典学を専攻すると、授業のたびに出典の調査を強要されます。作品に引かれた数多《あまた》の書籍の一つ一つが把握《はあく》できていなくては、解釈しようにもできなくなってしまうからです。

そして心の奥深くまで届く

漢詩とは、映画の一コマのようなものではないかと思います。

主人公の動作、表情の後ろには、むかし何か事件があったり、そのまた後ろには川が流れ、橋が架《か》かり、遠くにはうっすらと山が見え、何かの形をした雲が流れている……こうした構成要素すべてが一つの宇宙を象徴的に描き出します。

そこからは音楽が聞こえてきます。聞こえてこないはずがありません。

そして孔子の編集した『詩』は、それ以降作られるすべての詩のもっとも深いところで、それを支える大地となって横たわっているのです。

彼らは「詩」を作る行為によって、時間という軸において、常に『詩』へとさかのぼるコミュニケーションをしていたと考えることができるでしょう。そして詩はもちろん、親や兄弟、友人にも贈られます。

作者は韻を踏むこと、音の調子を整えることによって、喜怒哀楽を表現します。そして読み手は読むたびに作者の意図したこと、あるいは作者の気持ちの揺れ動きまでもつかむのです。

この音による効果によって、おそらく散文で書かれるより以上の何かを、詩は備えているのではないでしょうか。繰り返すことによって、それは心の奥深いところまで届いていくからです。

高校の教科書にもよく使われる漢詩に、王維《おうい》の「送元二使安西（元二《げんじ》の安西《あんせい》に使いするを送る）」があります。

渭城朝雨潤軽塵
客舎青青柳色新
勧君更尽一杯酒
西出陽関無故人

渭城《いじょう》の朝雨《ちょうう》　軽塵《けいじん》をうるおし
客舎《かくしゃ》　青青《せいせい》　柳色《りゅうしょく》新《あら》たなり
君《きみ》に勧《すす》む更《さら》に尽《つ》くせ　一杯《いっぱい》の酒《さけ》
西のかた　陽関《ようかん》を出《い》ずれば　故人《こじん》無《な》からん

これは元二《げんじ》という友人が官命で安西《あんせい》に出張するのを、王維が渭城《いじょう》（陝西《せんせい》省咸陽《かんよう》市）まで見送ったときの詩です。渭城は長安《ちょうあん》の西北方《せいほくほう》、渭水《いすい》という川のほとりにありました。今なら西安市内から車で一時間もかかりません。

しかし、安西は、現在のトルファン（中国新疆《しんきょう》ウイグル自治区に位置する地域）にある交河《こうか》故城《こじょう》で、唐はここに安西都護府《あんせいとごふ》を置いていました。安西都護府に行くには……これは遠い、とっても遠い、遠すぎます。

今でも、西安から敦煌《とんこう》までは飛行機で二時間半。直線距離で千四百キロ。さらに敦煌からトルファンまでは列車で十二時間。約千キロの旅です。敦煌の街から陽関《ようかん》までだけでも七十キロはあります。

つまり西安から安西までは、少なくとも二千五百キロほどはあるわけです。陽関から先は、まったくの砂漠です。そんなところに行って、はたして帰ってこられるのでしょうか。二度と都で二人が会うことはありません。

中国ではふつうこの詩を読むときは、結句《けっく》の「西出陽関無故人」を「陽関三畳《ようかんさんじょう》」と称して、三度繰り返す慣わしになっています。三回、ゆっくり、ゆっくりと繰り返すことによって、詩の余韻《よいん》の中に遥《はる》かな距離が感じられるからです。

元二は、一歩一歩砂漠の真ん中をトボトボと歩きながら、この歌を何度も噛みしめたことでしょう。

そしてこの歌を今でも中国人は覚え、そして渭城へ行くと必ず彼らの思いを胸に抱きながら、遥か西に向かってこれを口ずさむのです。

詩は、時間と空間を超えて引き継がれていきます。行間と字間にある「何か」に共鳴できることこそ、「詩」によるコミュニケーションのすばらしさに違いありません。

漢文や漢詩を読むための基本は、時空を超えて「共振」しようとする自分の意思です。

第一章

陸游《りくゆう》、絶望のなかのユートピア

莫莫莫

ああ、どうすればいいのだろう

泡沫のユートピア

中国、北宋《ほくそう》の時代に生きた周邦彦《しゅうほうげん》（一〇五六～一一二一）が書いた「曝日《ばくじつ》」【詩1】という題の詩があります。

「曝日」とは、いまの言葉でいえば「ひなたぼっこ」という意味です。「曦《ぎ》」という難しい字は「陽の光」「日差し」です。またそのあとに続く「村醸《そんじょう》」は、「村で醸造したお酒」のことで、「おいしい地酒」と考えてよいでしょう。

「奇」は「めったにないこと」。「止」は「本当にちょっと」という意味で「只《ただ》」という漢字と同じ意味です。また「行行《ゆくゆく》」は「どんどん突き進むこと」、「恋恋《れんれん》」は「心がもつれて、うまく自分の想いを人に伝えることができないこと」です。

それでは「曝日」を訳してみましょう。

ひなたぼっこ

冬の日のお日様は、まるで地酒のようにホッとする。
でもそんな暖かさは、ほんのつかのまのこと。

［詩1］

曝日

冬曦如村釀
奇温止須臾
行行正須此
恋恋忽已無

日《ひ》に曝《さら》す　周《しゅう》邦《ほう》彦《げん》

冬《とう》曦《ぎ》は村《そん》釀《じょう》の如《ごと》く
奇《き》温《おん》は止《た》だ須《しゅ》臾《ゆ》
行《ゆく》行《ゆく》正《まさ》に此《こ》れを須《もち》いよ
恋《れん》恋《れん》とすれば忽《たちま》ち已《すで》に無《な》し

どんどん突き進んでチャンスをつかまなくてはならない。
もたもたしていると、チャンスはあっというまに消えてしまう。

ラテン語に「Carpe diem《カルペ・ディエム》」という言葉があります。アメリカやヨーロッパの大学の壁や梁《はり》などに彫り込まれていますが、我が国ではあまりラテン語を勉強する機会もありませんので、彫ってあってもなかなか気にして読もうということはないかもしれません。「カルペ・ディエム」は直訳すれば「その日をつかめ」という意味ですが、「いま、この瞬間を生きろ！」というふうに使われます。周邦彦の「曝日」も、同じような意味で書かれたものと考えていいかと思います。

じつのところ、周邦彦は、どのような想いでこの詩を書いたのでしょうか。周邦彦の人生とともに詩に込めた想いをすこし探ってみましょう。

周邦彦は、子どものころから本を読むことが大好きでした。二十五歳のときに大学に入って勉強をしましたが、宋王朝の皇帝・神宗《しんそう》に大学の才能が認められ、首都・開封《かいほう》の大学教授となります。

しかし、政争に巻き込まれ、一度地方の大学教授に転任させられます。そして皇帝が第八代徽宗《きそう》に替わると、再び都に戻されて、今度は音楽を研究する「大晟府《たいせいふ》」の役人になりました。

ところが、一一二〇年、北方にいた女真族《じょしんぞく》の「金《きん》」が、首都・開封に侵攻し、都を破壊し、皇族を殺すという事件が起こります。宋の軍は都を守ることもできませんでした。

周邦彦は、この年、すでに六十四歳になっていました。政府は、文化面にばかり力を入れ、国家を警護するための武力をほとんどもっていなかったせいだとせめられることになります。その後まもなく大晟府は閉鎖され、周邦彦は仕事を失ってしまいます。

そして、金の首都攻撃の翌年に、周邦彦は亡くなってしまったのです。宮廷の楽団である梨園《りえん》などで妓女《ぎじょ》たちが歌うための曲を研究し、それに合わせた歌詞を多く書いたといわれる周邦彦ですが、彼の詩は多く残ってはいません。

先に挙げた「曝日」という詩は、仕事の上でも「あのときやっていれば……」と思うことがあって書いたものなのかもしれません。あるいは、「恋恋」という言葉を使っているところからすれば、好きな人がいたのに、もたもたとしているうちにその人に想いを告げることができなかったということなのかもしれません。……せっかくひだまりのような時間をふたりで持てたのに、という歌なのかもしれません。

いずれにしても、冬の日の暖かい光を浴びてのんびりと過ごした、夢のようなひなたぼっこの時間は、気がついたときにはあっというまに過ぎてしまっていたのです。愛しい時間は、心のなかにぽっかりと甘く残っているのだけれども……。
小さな泡沫《うたかた》のようなユートピアがこの詩のなかには描かれているのです。

驚きの時間感覚

一一二五年、金に首都を襲われた宋王朝の皇帝・徽宗は、位を長男の欽宗《きんそう》に譲り、首都から逃げ出しますが、まもなく都に連れ戻されてしまいます。

すると、翌一一二六年、金軍が、今度は完全に首都を陥落させてしまいます。そして徽宗と欽宗を遠く五国城《ごこくじょう》（現・黒龍江省《こくりゅうこう》ハルビン市衣蘭県《いらん》）に連行してしまうのです。

欽宗の弟・趙構《ちょうこう》（高宗《こうそう》）は開封から臨安《りんあん》（現・浙江省《せっこう》杭州市《こうしゅう》）に都を移しました。淮河《わいが》を国境として、中国大陸の北側は金に侵略されてしまったのです。

宋王朝は、国の北半分を異民族に奪われてしまいました。中国史では、北の開封《かいほう》（河南《かなん》省北東部）に都があった時代を「北宋（九六〇～一一二七）」、そして臨安に都が移されて元《げん》に滅ぼされるまでの時代を「南宋《なんそう》（一一二七～一二七九）」と呼びます。

こんな大変な混乱が起こった一一二五年に、ひとりの男の子が生まれました。陸游《りくゆう》（一一二五～一二一〇）です。

陸游が七十一歳の誕生日を迎えたとき、自分が生まれたときのことを思い出して書いた長い題の絶句《ぜっく》【詩2】があります。もちろん、生まれたばかりの赤ちゃんが、自分が生まれた場面を知っているはずがありません。両親から幾度となく「おまえが生まれたときはね」という話を聞いていたのだと思います。

この漢詩のはじめの二行は次のような意味です。

私が生まれたのは、淮河《わいが》という川を船で渡っているときだった。
急に空が真っ暗になって大雨が降り出した。
まるで蛟鼉《こうだ》（龍《りゅう》や鰐《わに》）が暴れるように川は大きくうねり狂い、
船に水が入ってきたということだった。

そして、後半の二行は、白髪頭《しらがあたま》になった七十一歳の「いま」の自分のことを記します。「首」は、漢語では「頭全体」を表します。ですから、「白首《はくしゅ》」は真っ白になってしまった頭、つまり「年をとってしまって」という意味になります。

では、後半の二行を訳してみましょう。

年をとってしまい、名を成したいという心も、まったくなくなってしまった。そして茅檐《ぼうえん》（あばら屋）で、自分が生まれたときと同じような雨の音を聞きながら眠るのだ。

漢詩、漢文を読んで驚かされることのひとつに、「時制」や「時間の感覚」が、我々のそれとはまったく違うということがあります。この詩もそうです。ちょっと読んだだけでは、前の二行と後ろの二行に七十年にも及ぶ時間的な開きがあることがわかりません。「白首」という語彙《ごい》だけが、その時間の開きを示唆《しさ》するのです。

そういえば、周邦彦の詩も、いつ作られたのか、だれのための詩だったのかさえはっきりわかりませんでした。

漢詩の不思議さというのでしょうか、漢詩はまるで空に浮かぶ雲のようなものだと思います。つかまえることもできない、見ていてなにかに似ているなと思うとあっというまに形を変えていってしまう……もしかしたら、そういうところに漢詩の魅力があるのかもしれません。

陸游は、中国四千年の歴史のなかでも、驚異の数の詩を残したことで有名です。その数、九千二百首といいます。

［詩 2］

十月十七日予生日也
孤村風雨
蕭然偶得二絶句
予生於淮上
是日平旦大風雨駭人
及予墮地雨乃止

我生急雨暗淮天
出没蛟鼉浪入船
白首功名無尺寸
茅檐還聴雨声眠
（部分）

十月十七日は予《よ》の生まるる日《ひ》なり。孤村《こそん》は風雨《ふうう》。蕭《しょう》然《ぜん》として偶《たまた》ま二つの絶句《ぜっく》を得《う》。予は淮上《わいじょう》に生まる。是《こ》の日《ひ》平旦《へいたん》なれども大風雨《おおあらし》人を駭《おどろか》す。予《よ》の地《ち》に墮《う》まるるに及《およ》んで雨《あめ》乃《すなわ》ち止《や》む　陸游《りくゆう》

我《われ》生《う》まれし時《とき》　急雨《きゅうう》　淮《わい》の天《そら》を暗《くら》くす
蛟鼉《こうだ》を出没《しゅつぼつ》せしめ　浪船《なみふね》に入《い》る
白首《はくしゅ》なるに功名《こうみょう》　尺寸《しゃくすん》も無《な》く
茅檐《ぼうえん》　還《ま》た雨声《うせい》を聴《き》いて眠《ねむ》る

「詩聖」とされる杜甫《とほ》（七一二～七七〇）については第三章で触れますが、杜甫が残した詩は千四百余首、「長恨歌《ちょうごんか》」で有名な白楽天《はくらくてん》（白居易《はくきょい》、七七二～八四六）は七十四歳まで生きて二千八百余首、また陸游とも親しかった楊万里《ようばんり》（一一二七～一二〇六）は七十九歳まで生きて四千余首と、それぞれたくさんの詩を残していますが、陸游の九千二百首というのは、こうした詩人たちをも圧倒しています。

陸游は八十五歳まで生きました。九千首の詩を作るには、オギャーと生まれた年から単純に計算しても、一年間に百首、約三日に一作の割合です。仕事もしなければならないのですから、ふつうは三日に一作のペースで漢詩を作る余裕などありません。

それでは陸游はなぜ、こんなにたくさん詩を作ったのでしょうか。詩を作ることが楽しかったからでしょうが、それだけではないでしょう。詩を作るためには、教養や物に感じ入る繊細な心、そして自分の想いを文字にして凝縮する力が必要です。

好きなことが、好きなときに、好きなようにできて、それが正当に高く評価されるということは、そうそうあることではありません。

千年前の溜め息

ところで、陸游は、人生の前半に、ふたつのとても辛《つら》い経験をしています。ひとつは、科挙《かきょ》という官吏《かんり》になるための試験での辛苦《しんく》、そしてもうひとつは愛する女性との別離です。

まず、科挙での辛苦について話しましょう。

古代の中国の社会は、官職を得るか、そうでないかで、自分の一生が天と地ほどの開きを持つことになっていました。一度、官職を得たら、亡くなるまで相当の給料をもらえますし、自分の子孫、すくなくとも子どもは官職に就きやすくなります。しかし、そのためには「科挙」と呼ばれる非常に厳しい国家試験を受けなければなりません。

陸游の時代、科挙は三段階になっていました。まず、基本的に自分の本籍がある地方で行われる「解試《かいし》」、そして、解試に合格すると、次に中央政府の礼部《れいぶ》（現在の日本でいえば文部科学省）が行う「省試《しょうし》」、そして省試合格者に対して、最終的に天子（皇帝）が直接行う「殿試《でんし》」があります。ただ、殿試は、合格不合格を決めるのではなく、順位をつけるものとされていましたが、とにかくまず解試から皆、科挙を受験しなければなりません。

陸游の父・陸宰《りくさい》は役人で、淮南路転運副使《わいなんろてんうんふくし》という役職に就いていました。淮南（現・安《あん》徽《き》省一帯）の転運（運輸・経済及び行政を監督する）の副長官です。こういう人たちの子どもは、解試のなかでも「漕試《そうし》」という試験を受けることになっていました。本籍に帰って受験をすることができないからです。

科挙は、三年に一度しか行われません。陸游は二十歳くらいから何度か漕試を受けてきましたが、受けるたびに落ちてしまいます。およそ八万人の受験者に対して八百人ほどの合格者が出される割合です。四十歳、五十歳になってやっと合格という人もすくなくありませんでした。

ところが、二十九歳のときに受けた試験で、陸游は首席で合格したのです。これには陸游だけではなく親族も皆、驚くほどに喜びました。なんといっても、首席合格者は、その後の官位昇進への道が華やかに開くからです。

しかし、この「首席合格」が仇《あだ》となって、陸游の人生に暗い影を落とすことになります。それは、当時、恐怖政治を行っていた宰相の秦檜《しんかい》の孫が、同じ試験で、陸游に次ぐ「次席合格」になったからでした。秦檜は自分の孫が首位をとるとばかり思っていました。それを陸游にとられてしまったのです。これを快く思わなかった秦檜は、次の省試で陸游を落第にしてしまったのです。

陸游は、高級官僚になる道を断たれてしまいます。解試での首席合格は、まるで幻のようでした。「理不尽」という言葉をつぶやいてみても、なにも変わりません。「不合格」は「不合格」で、それが公式発表なのですから。

さて、陸游をもうひとつ、苦しみが襲います。

二十歳のころ、陸游は母親の姪にあたる唐琬《とうえん》という女性と結婚しました。しかし、どうしたことか、母親が唐琬のことをよく思わなかったのです。自分の息子が嫁にとられてしまったと感じたのかもしれませんし、まだ科挙にも受かっていない息子が妻とあまり仲睦《なかむつ》まじくて、勉強に差し支えると思ったのかもしれません。

ふたりはとっても仲がよく、陸游は彼女のために菊の花をいっぱいに詰めた枕《まくら》を作ってあげたといいますが、翌年には別れさせられてしまいました。しばらくは、隠れて会ったりしていましたが、陸游は、まもなく王《おう》という姓の女性と結婚することになり、一方の唐琬も、皇帝の遠縁にあたる趙士程《ちょうしてい》と再婚してしまいます。

ふたりが別れてから十年後、陸游がちょうど科挙の省試で落第した翌年のことです。春の花見に、陸游が、紹興《しょうこう》(現・浙江《せっこう》省紹興市)の東南にあった兎跡寺《うせきじ》の庭に行ったときのこと、偶然、夫といっしょに来ていた唐琬に会ってしまったのです。彼女は、夫に陸游のことを話し、お酒と肴《さかな》を贈りました。

見つめ合うだけのはかない再会に対する想いを、このとき、陸游はこの庭の壁に書いたのでした。それは「釵頭鳳」【詩3】という題の詩で、その二番には悲しい心情が凝縮されています。

毎年、変わらずやってくる春。
それにしてもずいぶん痩《や》せてしまったのではないですか。
あのときの悲しい別れ、あなたの涙が薄絹《うすぎぬ》を濡らして、
艶《なま》めかしくも肌に透《す》けていったことをいまさらながらに思いだします。
桃の花ももう散ってしまい、
池のなかに建つ東屋《あずまや》にももう人はありません。
あなたとの愛の誓いはこの胸のなかにあるとはいえ、
お手紙を差し上げることもできません。
ああ、どうすればいいのでしょうか。

唐琬は、この詩を読み、悲しさのあまり亡くなってしまうのです。

心の底にある悔しさや悲しさを、他人は埋めてあげることはできません。どんなに苦しいことがあっても、人はそれを背負って生きていかなければならないのです。悔しさや悲しさを、豊かさや楽しさに転換することができる力は、どうしたら得ることができるのでしょうか。

それは、信じる力を持つことだと思います。なにを信じるのかはそれぞれ人によって違

［詩3］

釵頭鳳

春如旧
人空痩
涙痕紅浥鮫綃透
桃花落
閑池閣
山盟雖在
錦書難託
莫　莫　莫

（部分）

釵《さ》頭《とう》鳳《ほう》　陸游

春《はる》は旧《むかし》の如《ごと》し
人《ひと》は空《むな》しく痩《や》せたり
涙《なみだ》の痕《あと》は紅《なまめか》しく鮫綃《うすぎぬ》を浥《ぬら》して透《とお》る
桃《もも》の花《はな》落《お》ち
池《いけ》の閣《あずまや》は閑《しず》かなり
山盟《ちかい》は在《あ》れと雖《いえど》も
錦書《たより》託《たく》し難《がた》し
莫《ばく》　莫《ばく》　莫《ばく》

うでしょう。ですが、苦しく辛い「いま」を乗り越えるには、苦しさや悔しさや悲しさなどを受け入れながら、次の瞬間を信じて行動する以外に方法はないのです。陸游にとって、詩を作るという行為はそういうものだったのかもしれません。

「莫莫莫《ばくばくばく》」は、日本語にすれば「詮方《せんかた》なし」（どうしようもない）という言葉になろうかと思います。中国語で、これを発音すると「モー、モー、モー」となります。あるいは、日本語で「もう、どうしようもない」というような「もう」と同じような言葉と思ってもいいかもしれません。

言葉にならない言葉が、千年前の陸游の溜《た》め息《いき》をいまに伝えてくれるようです。

なお、「釵頭鳳」は、詩の内容を表す題ではなく、「詞」（音楽に合わせて歌うために作られたもの）の一形式です。陸游は多くの「詞」を作りましたが、ここで紹介した「釵頭鳳」は今でも残るとても有名な作品です。

詩を書いて心を満たす

詩を作るためには、自分の思いを言葉として書き表すための語彙を豊富に貯《たくわ》えることが必要でしょう。

陸游は、本を読むことが大好きでした。「唐の王維《おうい》は十七、八歳のころに読んですっかり覚えてしまった」とか「夜明け前から本を読んで、おもしろいところを子どもに教えた」ということを書き残しています。

そして、なにより、陸游の家は、大の蔵書家として有名でした。首都・開封が金に占拠されて、宋の都が臨安に置かれたとき、政府は、宮廷の図書館を充実させるために、陸游の家にあった一万三千巻の本を借りて写したというほどでした。

陸游は、書庫に鼠《ねずみ》がたくさんいて、本を齧《かじ》ってしまうといって、何匹か猫を飼っていました。「贈猫」【詩4】という詩も書いています。

猫に贈る

鼠をとらなくても、おまえを責めたりはしない。
魚が入ったご飯は、食事の時間にはあげるから。
見ていると、おまえは本当に一日中、ぐっすり眠っているね。
自分がバタバタしているのがバカバカしくなってしまう。

自分が飼っている猫を詩に詠《よ》むことなど、それまでの漢詩にはあまりありませんでしす。陸游は、こんなふうになんでも詩に詠み込むことで、自分の心を満たしていったのでした。

四十八歳になった陸游は、南鄭《なんてい》（現・陝西省《せんせい》漢中市《かんちゅう》）にあった国境の前線に幕僚《ばくりょう》の一員として配属されていました。荒涼としたところで、まともに読む本もなく暮らす日々に、どうしてあのとき、「首席」で解試に通ってしまったのだろうと考えることもあったのではないかと思います。

そんなときに作ったのが、次の詩「剣門道中遇微雨」【詩5】です。南鄭から成都《せいと》（現・四川省《しせん》成都市）に行く高い山のひとつが剣門《けんもん》（現・四川省広元《こうげん》市剣閣《けんかく》県）です。陸游は、驢馬《ろば》に乗って、とぼとぼと剣門を越えていかなければなりませんでした。そのとき、しとしとと雨が陸游に降るのです。

剣門への道中で霧雨《きりさめ》に遇《あ》う

衣には旅の塵《ちり》と酒の汚れとが雑《ま》じっている。
長旅の途中、どこでも意気消沈してばかりいた。
自分は詩人になれたといえるのだろうか。
しとしとと降る小雨のなか、驢馬に跨《またが》って剣門の山に入りゆく。

[詩 4]

贈猫

執鼠無功元不効
一簞魚飯以時来
看君終日常安臥
何事紛紛去又回

猫《ねこ》に贈《おく》る　陸游

鼠《ねずみ》を執《と》るに功《こう》無《な》きも元《もと》より効《せ》めず
一簞《いったん》の魚飯《ぎょはん》時《とき》を以《も》って来《き》たる
君《きみ》を看《み》るに　終日《しゅうじつ》常《つね》に安臥《あんが》す
何事《なにごと》ぞ紛々《ふんぷん》として去《さ》りて又《ま》た回《まわ》る

自分を疑ってしまえば、気力は萎《な》え、心には影が差してしまいます。しかし、生きているということは、心が動いているということでもあります。心が動かないことはありえません。眠っているときも、心はなにかを探しています。

次の詩は、「夏日昼寝、夢遊一院闃然無人、簾影満堂、惟燕蹋箏弦有声、覚而聞鉄鐸風響璆然、殆所夢也耶、因得絶句」【詩6】というとても長い題です。この前に引いた絶句【詩2】も長い題でしたが、こちらはなんと、詩よりも題のほうが長くなっています。これも陸游ならではの遊びなのでしょう。

夏の日、昼寝をしていて夢を見た。ひっそりとして人影もなく、簾《すだれ》の影が部屋に広がり、ただ燕《つばめ》の足が琴《こと》の弦《げん》をひっかける音だけがした。目覚《めざ》めて、鉄の風鈴《ふうりん》が風に響いているのを聞き、これが夢に聞いた音だったのかと思っていると次のような絶句ができた

涼しく潤う桐《きり》の木陰《こかげ》、雨上がりの空。
軒《のき》ばの風鈴が風に揺れて、昼寝は覚めた。
夢のなかで美しい座敷に行ったが、だれもいない。

[詩 5]

剣門道中遇微雨
衣上征塵雑酒痕
遠遊無処不消魂
此身合是詩人未
細雨騎驢入剣門

剣《けん》門《もん》道《どう》中《ちゅう》にて微《び》雨《う》に遇《あ》う　　陸游

衣《い》上《じょう》の征《せい》塵《じん》酒《しゅ》痕《こん》を雑《まじ》う
遠《えん》遊《ゆう》　処《ところ》として消《しょう》魂《こん》ならざるは無《な》し
此《こ》の身《み》　合《まさ》に是《こ》れ詩《し》人《じん》なりや未《いな》や
細《さい》雨《う》　驢《ろ》に騎《の》って剣《けん》門《もん》に入《い》る

ひとつがいの燕が軽やかに飛んで、琴の糸に触れて音を立てる。

もしかしたら、ここに描かれる「一双軽燕《いっそうけいえん》（ひとつがいの燕）」とは、自分と、別れて亡くなった唐琬だったのかもしれません。

この詩を作ったとき、陸游は五十六歳になっていました。撫州《ぶしゅう》（現・江西省《こうせい》撫州市）で「提挙江南西路常平茶塩公事《ていきょこうなんせいろじょうへいちゃえんこうじ》」（茶と塩の専売事業監督官）という役職に就《つ》いていたころのことでした。

きっといつかは桃源郷に

詩を作ったとしても心が晴れる日ばかりとはかぎりません。やっと出仕《しゅっし》（官職に就《つ》くこと）ができたかと思うと失脚、また出仕ができたかと思うと失脚ということを陸游は繰り返します。

それは、陸游の国に対する思いが政府の高官と一致したり、しなかったりしたからでした。北方にある金は、またいつ揚子江《ようすこう》を越えて襲ってくるかわかりません。政府は金の政府に対して金品を贈ることで宋への攻撃を食い止めていますが、そんなことで国の権威は

［詩6］

夏日昼寝夢遊一院
闃然無人
簾影満堂
惟燕蹹箏弦有声
覚而聞鉄鐸風響
璆然殆所夢也耶
因得絶句

桐陰清潤雨余天
檐鐸揺風破昼眠
夢到画堂人不見
一双軽燕蹴箏弦

夏日昼寝《かじつひるね》し夢《ゆめ》に一院《いちいん》に遊ぶ。闃然《げきぜん》として無人《むじん》。簾影《れんえい》堂《どう》に満《み》つ。惟《た》だ燕蹹《つばめきゅう》し箏弦《そうげん》に声あり。覚《さ》めて鉄鐸《てったく》の風に響くを聞く。璆然《きゅうぜん》殆《ほとん》ど夢の所也《ところなり》や。因《よ》りて絶句《ぜっく》を得《う》　陸游

桐陰《とういん》清潤《せいじゅん》なり雨余《うよ》の天《てん》
檐鐸《えんたく》風《かぜ》に揺《ゆ》れて昼眠《ちゅうみん》を破《やぶ》る
夢《ゆめ》に画堂《がどう》に到《いた》り　人見《ひとみ》えず
一双《いっそう》の軽燕《けいえん》箏弦《そうげん》を蹴《け》る

保てない、金を追い詰め、首都・開封の奪還を行うべきだと陸游はいうのです。
明日、金が攻めてきて、自分たちの故郷も踏みにじられてしまうかもしれない、という危機感を抱きながら、陸游は故郷の山をあてどなく彷徨《さまよ》いました。愛する唐琬との別れ、唐琬の死、首席合格をしたにもかかわらず落第という憂き目《うめ》に遭ったことなど、悶々《もんもん》たる思いが彼の脳裏には浮かんできたに違いありません。
こうして、歩いているうちに、あるとき、陸游は、真っ暗な深い山に入ってしまいました。しかももう夜になろうとしていたのです。帰れないかもしれない……もしかしたら、この森から抜け出すことができなくなってしまうかもしれない……そう思って足を進めていくと、ふと、名もない小さな村が目の前に現れたのでした。

山が重なり合い、川が幾筋も流れ、もう道もなくなってしまったと思って歩いていくと、柳が暗く茂ったところのその先に花が咲いたように小さな村があったのだ。

と、陸游は詩【詩7】に書きます。陸游は、ここで村人から歓待を受けます。村で仕込んだお酒に、鶏や豚のごちそう、春祭の準備のために皆が笛や太鼓を鳴らしていました。村人が着ているものや冠などは時代遅れのものでしたが、まるで桃源郷《とうげんきょう》に来たようでした。

遊山西村

莫笑農家臘酒渾
豊年留客足鶏豚
山重水複疑無路
柳暗花明又一村
簫鼓追随春社近
衣冠簡朴古風存
従今若許閑乗月
拄杖無時夜叩門

山西《さんせい》の村に遊《あそ》ぶ　　陸游

笑《わら》う莫《な》かれ　農家《のうか》の臘酒《ろうしゅ》渾《にご》れるを
豊年《ほうねん》　客《かく》を留《とど》めて鶏豚《けいとん》足《た》る
山重水複《さんちょうすいふく》路《みち》無《な》きかと疑《うたが》えば
柳暗花明《りゅうあんかめい》　又《ま》た一村《いっそん》
簫鼓《しょうこ》追随《ついずい》して　春社《しゅんしゃ》近《ちか》く
衣冠簡朴《いかんかんぼく》にして　古風《こふう》存《そん》す
今《いま》従《よ》り若《も》し閑《しず》かに月《つき》に乗《じょう》ずるを許《ゆる》さば
杖《つえ》を拄《つ》きて時《とき》無《な》く　夜《よる》　門《もん》を叩《たた》かん

陸游、四十三歳のときのこの経験がなかったら、もしかして五十代の苦しみを乗り越えることができなかったかもしれません。

この詩には「遊山西村」という題がつけられています。陸游の人生に対する思いは、この村を見つけたこと、あるいはこの村の人々と出会ったことによってちょっと変わっていきます。

「柳暗花明又一村」という句が、彼の心を解く鍵《かぎ》です。どんなに暗い道を歩いていようと、それをずっとずっと信じて歩いていけば、きっといつか桃源郷のようなところにたどり着くことができるという気持ちを表しています。

陸游は年をとってからも何度かこの村を訪れました。そして、そのたびに村人たちから温かく迎えられることになります。

むなしさを埋めるための九千首

先にひとつ、五十六歳のときに作った夢の歌を紹介しましたが、一二〇六年、八十一歳になった陸游は、「十二月二日夜夢遊沈氏園亭」という同じ題の夢の歌を二首作っています。ひとつめの歌【詩8】はこうです。

[詩8]

十二月二日夜
夢遊沈氏園亭

路近城南已怕行
沈家園裏更傷情
香穿客袖梅花在
緑蘸寺橋春水生

十《じゅう》二《に》月《がつ》二《ふつ》日《か》夜《よる》　夢《ゆめ》に沈氏《しんし》の園亭《えんてい》に遊《あそ》ぶ　陸游

路《みち》は城南《じょうなん》に近《ちか》くして　已《すで》に行《ゆ》くを怕《おそ》る
沈家《しんか》の園裏《えんり》　更《さら》に情《じょう》を傷《いた》ましむ
香《こう》は客袖《かくしゅう》を穿《うが》ち　梅花《ばいか》在《あ》り
緑《みどり》は寺橋《じきょう》を蘸《ひた》して　春水生《しゅんすいしょう》ず

十二月二日の夜、夢の中で沈氏《しんし》の庭に遊んだ
道が町の南に近づくと、もう足が前に進まない。
沈家の庭園のなかに入ると、さらに心が痛むのだ。
梅の花はもとのまま在《あ》り、その香りが人の袖《そで》に入り込んでくる。
寺に懸《か》かる橋は、水かさの増えた春の緑の川に浸されている。

夢のなかで、陸游は、最後に唐琬に出会ったところに迷い込んでしまったのです。
ふたつめの詩【詩9】には次のように書かれます。

城南の小道でまた春に会う。
梅の花は見えても人の姿は見えない。
あの人の骨はずっと前から泉下《せんか》の土になってしまったが、
わたしが書いた墨《すみ》の跡は、まだ壁の塵《ちり》にまみれながら残っている。

ここでいう「人」とはもちろん、亡くなった唐琬を指します。墨痕《ぼっこん》とは、五十年前に陸

[詩 9]

十二月二日夜
夢遊沈氏園亭
城南小陌又逢春
只見梅花不見人
玉骨久成泉下土
墨痕猶鎖壁間塵

十二月《じゅうにがつ》二日《ふつか》夜《よる》　夢《ゆめ》に沈氏《しんし》の園亭《えんてい》に遊《あそ》ぶ

陸游

城南《じょうなん》の小陌《しょうはく》　又《ま》た春《はる》に逢《あ》う
只《た》だ梅花《ばいか》を見《み》て　人《ひと》を見《み》ず
玉骨《ぎょっこつ》　久《ひさ》しく　泉下《せんか》の土《つち》と成《な》り
墨痕《ぼっこん》は猶《な》お鎖《と》ざす　壁間《へきかん》の塵《ちり》に

游が書いた「釵頭鳳」【詩3】を指しています。
そして、いつかは自分も消えてなくなるのです。
陸游が遺した詩は、のちに編纂《へんさん》され、『剣南詩稿《けんなんしこう》』という全八十五巻の書物となっています。その最後に収められているのが、「示児」【詩10】という遺言の絶句です。

子どもたちに

死んでしまえばすべてはむなしい、そんなことはわかっている。
ただ、なにが悲しいかといえば、
この宋王朝が中国の北部を奪回したその日を見られなかったこと。
我が軍が北へ進軍し、天下を平定したときには、家で法事を行い、
わたしにそれを報告することをわすれないようにするのだぞ。

陸游は、国を憂《うれ》えた人でもありました。科挙を受け、役人になるということは、国家を担《にな》う一員になるということでもあります。金という異民族が宋王朝の北部を侵略したのとほぼ同じときに生まれた陸游にとって、宋王朝が再び中国を平定するということは、政治に携《たずさ》わるひとりとして、のこしておかなければならない言葉だったに違いありません。

［詩10］

示児

死去元知万事空
但悲不見九州同
王師北定中原日
家祭無忘告乃翁

児《じ》に示《しめ》す　陸游

死《し》し去《さ》らば　元《もと》知《し》る　万《ばん》事《じ》空《むな》しと
但《た》だ悲《かな》しむ　九州《きゅうしゅう》の　同《たいら》ぐを見《み》ざるを
王《おう》師《し》北《きた》のかた中原《ちゅうげん》を定《さだ》むるの日《ひ》
家《か》祭《さい》乃《だい》翁《おう》に告《つ》ぐるを忘《わす》るること無《な》かれ

しかし、すべてはむなしい、死んでしまえばすべてはむなしい……そのむなしさを陸游は九千首という詩で埋めようとしたのです。

ほぼ、毎日、陸游は、頭のなかで言葉を詩のかたちに直していたと思われます。そうすることで、自分の心を、外側から客観的にとらえようとしたのかもしれません。あるいは、「曝日」【詩1】という詩で周邦彦が表した「恋恋《れんれん》とすれば忽《たちま》ち已《すで》に無《な》し」という思いを、陸游は、このようなかたちで受け継いだと思われます。

もたもたしていると、チャンスはあっというまに消えてしまう。

そうであれば、一瞬の思いを漢詩という贈り物に収めよう。悲しさも苦しさも喜びも、消えてなくなる美しさも、すべてを詩にしてしまうことができれば、大切な宝物として、掌《てのひら》にのせてみることができる。あるいは、その贈り物を千年の後まで残すことができるかもしれないのです。

第二章
漱《そう》石《せき》、東洋的理想郷への希求

是無心
そこには無心のみがある

江戸の終焉とともに

日本は、明治維新とともに、それまでの独自の文化を捨ててしまうようになりました。それは、明治政府が「江戸時代まで、日本人は野蛮で、外国人に見せると恥ずかしいことばかりやっていたのだ」ということを宣伝したからでもありました。日本を近代化するためには、前の時代を悪く言うことも必要だったのかもしれません。

神仏判然令《しんぶつはんぜん》（「神仏分離令」とも。一八六八年発令）などによって、ヨーロッパ式の一神教国家を作ろうとしたのも、そうしたあらわれのひとつです。

近代化の流れのなかで、「東京」となった江戸の庶民の楽しみも、すこしずつ変わっていき、江戸のものがだんだんとなくなっていきました。落語や講釈《こうしゃく》などはその最たるものでしょう。

まだ電気がなかった江戸時代や明治初期の夜はとっても長いものでした。しかも六十日に一度やってくる「庚申《こうしん》」の日は寝ることができないのです。なぜなら、寝てしまうと、身体のなかにいる「三尸《さんし》（三虫《さんちゅう》）」が身体を抜け出して、天にいる神様のところに行って、その人の罪を全部明かし、寿命を短くしてしまうと信じられていたからです。

庚申の日は、男女同床《だんじょどうしょう》も許されません。祝言《しゅうげん》（結婚式）を挙げてもなりません。お酒も、飲めば眠くなりますから、飲んではいけません。そして、もし、この日に子どもが生まれたら、その子は盗人《ぬすびと》（泥棒《どろぼう》）になるともいわれ、庚申の日に生まれた子は、一度、捨てられてしまうのです。

庚申の日の夜は、眠らないようにするために、皆で話をしたり、落語などを聞いたりして夜を徹することが行われました。しかし、そういう風習も、ばかげた迷信だとされてしまえば、だんだんと廃《すた》れていってしまいます。それと同時に、落語なども、江戸時代の下品で役に立たない文化として見られるようになりつつあったのです。

そんな江戸から明治へと時代が変わる前年、まさに江戸時代終焉《しゅうえん》のころ、庚申の日に生まれて泥棒にならないように、「金之助《きんのすけ》」という名前をつけられた男がいました。夏目《なつめ》金之助、のちの、文豪・漱石《そうせき》（一八六七〜一九一六）です。

漱石は、どうやって文豪と呼ばれるような人になったのでしょう。それはさまざまな要因がうまく重なって、才能が発揮されたからというのがもっとも適当かと思います。

ただ、正岡子規《まさおかしき》との出会い、ロンドンへの留学、弟子たちとの関係などがなくては「漱石」は「文豪」にならなかったかもしれません。そして文豪にならなかったら、彼は死にいたる胃潰瘍《いかいよう》を患《わずら》うこともなかったでしょう。そして中国人や中国文学の専門家から、

「漢詩人」として高い評価を受けることもなかったかもしれません。

漱石の書いた詩を紹介する前に、まずは、すこし、漱石の足跡《そくせき》をたどってみたいと思います。

漱石は、生まれてすぐに四谷《よつや》にある夜店《よみせ》を営む家に里子《さとご》に出されてしまいます。まもなくして姉によって連れ戻されますが、二歳になる前に、今度は、塩原《しおばら》という家に養子に出されます。塩原は、漱石の父親のところで書生《しょせい》のようなことをしていた男でした。

漱石が生まれたとき、父親は五十歳になっていました。当時は、人生五十年といわれていた時代です。すでに男の子が四人、女の子が三人いる夏目家に生まれた金之助は、じつは、望まれて生まれてきた子どもではなかったのです。

養子となっても、漱石が五歳になるまで塩原家の戸籍には入れませんでした。そして、九歳のとき、塩原夫婦が離婚し、養母とともに実家に戻されてしまうのです。しかしあまりにも老《ふ》けた実の父母を、漱石は、祖父母だと思い込んでしまいます。それが父親と母親だと教えてくれたのは下女《げじょ》でした。

「貴方《あなた》が御爺《おじい》さん御婆《おばあ》さんだと思っていらっしゃる方《かた》は、本当はあなたの御父《おとっ》さんと御母《おっか》さんなのですよ。（中略）そっと貴方《あなた》に教《おし》えて上《あ》げるんですよ。誰《だれ》にも話《はな》しちゃ不可《いけま》せん

よ。よござんすか」（「硝子戸《がらすど》の中《うち》」『漱石全集　第十二巻』岩波書店、一九九四年）

漱石が夏目家の戸籍に戻ったのは二十一歳になってからでした。

寄席と漢詩と子規と

漱石は、このように、どこの子どもなのかさえわからないまま成長しました。そんな漱石の楽しみはいったいどのようなものだったのでしょうか。

それは、寄席でした。

「私は小供《こども》の時分に能《よ》く日本橋の瀬戸《せと》物町《ものちょう》にある伊勢本《いせもと》という寄席《よせ》へ講釈《こうしゃく》を聴きに行った。今の三《み》ツ越《こし》の向側《むかいがわ》に何時《いつ》でも昼席《ひるせき》の看板が掛《か》かっていて、其角《そのかど》を曲《まが》ると、寄席はつい小半町《こはんちょう》行くか行かない右手にあったのである。此席《このせき》は夜《よる》になると、色物《いろもの》丈《だけ》しか掛《か》けないので、私は昼《ひる》より外《ほか》に足《あし》を踏《ふ》み込《こ》んだ事《こと》がなかったけれども、度数《どすう》からいうと一番多く通《かよ》った所《ところ》の様《よう》に思われる。当時私のいた家《いえ》は無《む》論《ろん》高田《たかた》の馬場《ばば》の下《した》ではなかった。然《しか》しいくら地理の便が好《よ》かったからと云《い》って、何《ど》うしてあんなに講釈を聴きに行く時間が私にあったものか、今考えると寧《むし》ろ不思議な位《くらい》である」
（「硝子戸の中」前掲書）

と書いています。落語や講釈の語りが漱石のその後の小説に影響を与えたのはいうまでもありません。

ところで、漱石には正岡子規（一八六七〜一九〇二）という友達がいました。愛媛県の松山《まつやま》から上京してきた子規は、東京大学予備門（現・東京大学教養学部）で漱石と出会い、寄席好きという共通の趣味で意気投合したのです。二十一歳のときのことだったといわれます。友達があまりいなかった漱石にとって、子規ほど近い関係になった人はありませんでした。

しかし、明治二十二（一八八九）年、子規は喀血《かっけつ》します。当時、死にいたる病として恐れられた結核に冒されていたのです。じつは、「子規」という俳号は「血を吐きながら囀《さえず》る」といわれるホトトギスの漢字名に由来します。

子規は、帝国大学文科大学（現・東京大学文学部）の哲学科に入学して、のちに国文科に転科しますが、自分には命の余裕がないことを感じていたのかもしれません。大学を退学し、日本新聞社に入って、近代的な俳句を作る雑誌「ホトトギス」の創刊を援助します。

漱石も子規の影響を受けて俳句を作りますが、漱石は、漢文や漢詩が大好きでした。漱石は、二十三歳のときに房総《ぼうそう》を旅して書いた紀行文『木屑録《ぼくせつろく》』を子規に渡します。すると子規は、「余、以為《おも》えらく、西に長《ちょう》ぜる者は、概《おおむ》ね東に短《たん》なれば、吾《わ》が兄《けい》も亦《ま》た当《まさ》に和漢《わかん》の学を知らざるべし、と。而《しか》るに今此《こ》の詩文を見るに及《およ》んでは、則《すなわ》ち吾が兄の天稟《てんぴん》の才を知れり。（中略）吾が兄の如《ごと》き者は、千万年に一人のみ」（「木屑録」『漱石全集　第十八巻』岩波書店、一九九五年）という高い評価で漱石を褒《ほ》めるのです。

この一文（原文は漢文）は、『木屑録』の最後に子規が寄せた評です。ここにある「詩文」とはもちろん漢詩ですが、このことから、漱石にとってとくに「漢詩」は、子規とのつながりのなかで忘れられないものとして心のなかに熟成していくこととなるのです。

子規からの最後の手紙

明治三十三（一九〇〇）年五月、漱石は、文部省から英語研究を目的として二年間イギリス留学を命ぜられます。九月ロンドンに向けて発《た》ちますが、これが子規との今生《こんじょう》の別れになってしまいます。

明治三十四年十一月六日、子規はロンドンにいる漱石に宛《あ》てて手紙を書きます。

「僕はもうダメになってしまった、毎日訳《わけ》もなく号泣《ごうきゅう》して居《い》るような次第だ、それだから新聞雑誌へも少しも書かぬ。手紙は一切廃止。それだから御無沙汰《ごぶさた》してすまぬ。今夜はふと思いついて特別に手紙をかく。いつかよこしてくれた君の手紙は非常に面白かった。近来僕を喜ばせた者の随一《ずいいち》だ。僕が昔から西洋を見たがって居《い》たのは君も知ってるだろう。それが病人になってしまったのだから残念でたまらないのだが、君の手紙を見て西洋へ往《いっ》たような気になって愉快《ゆかい》でたまらぬ。若《も》し書けるなら僕の目の明《あ》いてる内《うち》に今一便よこしてくれぬか（無理な注文だが）。

画《え》はがきも慥《たしか》に受取《うけとっ》た、倫敦《ロンドン》の焼芋《やきいも》の味はどんなか聞きたい。不折《ふせつ》（『吾輩は猫である』の挿絵を描いた中村不折・筆者注）は今巴理《パリ》に居てコーランの処《ところ》へ通うて居るそうじゃ。君に逢《お》うたら鰹節《かつおぶし》一本贈るなどというて居たがもうそんな者は食うてしまってあるまい。（中略）

僕は迚《とて》も君に再会することは出来ぬと思う。万一出来たとしても其時《そのとき》は話も出来なくなってるであろう。実は僕は生きているのが苦しいのだ。僕の日記には『古白日来』の四字が特書してある処がある。

書きたいことは多いが苦しいから許してくれ玉《たま》え」（『子規全集　第十九巻・書簡二』講談

社、一九七八年）

これが子規からの最後の手紙となりました。

最後に見える「古白曰来」は、「古白曰《こはくいわ》く、来《き》たれ」と読みます。「古白」は、子規の母方の親戚《しんせき》で、子規より四つ年下のピストル自殺をした藤野古白《ふじのこはく》という人物です。子規は、この古白が、「こちらへ来い」と呼んでいるというのです。

漱石はこのころ、ロンドンで激しい神経衰弱を起こして苦しんでいたのでした。子規の言葉のひとつひとつ、子規との思い出のひとつひとつが、病んだ漱石の心に深く沈積《ちんせき》していったに違いありません。

不連続の連続

漱石は帰国後、亡くなった子規の遺志を継いで俳句雑誌「ホトトギス」を発行する高浜《たかはま》虚子《きょし》からの勧めで、同誌に『吾輩《わがはい》は猫《ねこ》である』を発表します。こうして漱石は、小説家としての道を歩んでいくことになるのです。

この当時、漱石のような、だれにでも読める文章で小説を書く人はいませんでした。落語と英文学と漢文・漢詩の素養と漱石ならではのスパイスがそれを作り上げていったのでしょうが、またたくまに漱石は「文豪」と呼ばれる存在になっていきました。

代表的な作品は、前期三部作の『三四郎』『それから』『門』、後期三部作の『彼岸過迄《ひがんすぎまで》』『行人《こうじん》』『こころ』とされます。明治時代、社会が大きく変化するなかで悩み、苦しむ青年の心の動きを映し出す不連続が連続して語られる作品です。登場人物はあきらかに異なり、まったく別の話でありながら、読んでいくと前の小説で与えられた問題が引き続いて語られていることがわかります。

漱石は、前期三部作『門』を書き終わってからほどなくして、明治四十三（一九一〇）年八月、胃潰瘍《いかいよう》で大量吐血《とけつ》して危篤《きとく》状態に陥《おちい》ります。連載終了後の入院から転地療養をしていた修善寺《しゅぜんじ》（静岡県）での出来事でした。「修善寺の大患《たいかん》」と呼ばれます。

漱石は、大正五（一九一六）年に亡くなります。これは、修善寺の大患から六年後のことでした。

後期三部作の最後になる『こころ』は、大正三（一九一四）年の八月十一日に朝日新聞の連載が終了し、翌九月に出版されました。これ以降も漱石は、『硝子戸の中』『道草《みちくさ》』『明暗《めいあん》』などを新聞に連載していきます。しかし実質的な意味でまとまったかたちとしての小説が書かれることはありませんでした。

『こころ』は、明治天皇の崩御《ほうぎょ》に際して殉死《じゅんし》した乃木希典《のぎまれすけ》の影響を受けて書かれたものといわれますが、「大正」という新しい時代を迎えて、明治の精神を抱いたまま自殺せざるをえなかったこの小説の主人公である「先生」は、まさに、漱石自身だったのかもしれません。

『論語』に「後生畏《こうせいおそ》るべし」（子罕篇《しかんへん》）という有名な言葉があります。新しい時代の波に乗って現れる後輩は、きっと自分を大きく抜いていくだろうという、後輩への畏敬《いけい》を漏らした言葉ですが、漱石のところには、すでに多くの後輩が育っていました。寺田寅彦《てらだとらひこ》、森《もり》田草平《たそうへい》、内田百閒《うちだひゃっけん》、松岡譲《まつおかゆずる》、小宮豊隆《こみやとよたか》、鈴木三重吉《すずきみえきち》、そして久米正雄《くめまさお》、芥川龍之介《あくたがわりゅうのすけ》などです。

漱石にまだ体力が残されていたら、新しい大正という時代を乗り越える能力はあったと思います。しかし、「古白曰来」、つまり子規が藤野古白に呼ばれたように、「子規曰く、来たれ」という言葉が、次第に漱石に見えてきたのではないかと思います。

死を意識して

漱石が晩年、もっとも時間を費やしたのは漢詩を作ることでした。漱石にとって漢詩を作ることは、我を忘れることができる「楽しみ」だったのです。「楽しみ」がどのようなものであったのか、具体的にそれを表した漱石の文章はありません。しかし、大正五（一九一六）年八月二十一日付の久米正雄・芥川龍之介に宛てた手紙に次のようなくだりがあります。

「僕は不相変《あいかわらず》『明暗《めいあん》』を午前中書いています。心持《こころもち》は苦痛、快楽、器械的、此《この》三つをかねています。存外《ぞんがい》涼しいのが何より仕合《しあわ》せです。夫《それ》でも毎日百回近くもあんな事を書いていると大いに俗了《ぞくりょう》された心持になりますので三四日《さんよっか》前から午後の日課として漢詩を作ります。日に一つ位《くらい》です。そうして七言律《しちごんりつ》です。中々《なかなか》出来ません。厭《いや》になればすぐ已《や》めるのだからいくつ出来るか分《わか》りません」（『漱石全集　第二十四巻』岩波書店、一九九七年）

明治四十五（一九一二）年五月から大正五（一九一六）年の夏までに、漱石は三十九首の漢詩を作っています。

そして、最後の病床についてしまう大正五年八月十四日から意識を失ってしまう十一月二十二日までに、なんと七十五首の漢詩を作ります。百日足らずの間に七十五首を作るほどですから、どれだけ漱石が漢詩を作ることを楽しみとしていたか、あるいは漢詩を作らなければならなかったかがわかるでしょう。

芥川に手紙を書いていたころ、漱石はすでに死を意識していました。「中々出来ません」と言いながら、漱石は丹念に漢詩を作っていくのです。

それでは、漱石はどんな漢詩を残したのでしょうか。次の「無題」【詩11】とした漢詩は、明治四十三（一九一〇）年九月二十九日、修善寺の大患からまもなく、まだ東京に帰ることもできないまま、床についている間に作られました。

無題

床について、その人は話をすることもできないでいる。
黙ってただ、大空を見ているのだ。
大空で、雲は動かず。
一日中、暗く遥《はる》かなところにじっとある。

自分も雲になってしまったような感覚を持っていたに違いありません。吐血したために漱石は口を利《き》くこともできなかったのです。できることは、感じること、見えるものを漢字ひとつひとつに置き換えながら、漢詩として組み立てていくことでした。

修善寺の大患以前、漱石は漢詩を書きませんでした。連載に逐《お》われる毎日は、きっと漢詩を書く余裕などなかったはずです。しかし、大患によって、漱石は子規の言葉を思い出し、漢詩を作る楽しみを再び手に入れることができたのです。

漱石は随想『思い出す事など』に、子どものころの「楽しみ」を記しています。

「小供《こども》のとき家に五六十幅《ごろくじっぷく》の画《え》があった。ある時は床《とこ》の間《ま》の前《まえ》で、ある時は蔵《くら》の中《なか》で、又《また》ある時は虫干《むしぼし》の折《おり》に、余《よ》は交《かわ》るがわるそれを見た。そうして懸物《かけもの》の前に独《ひと》り蹲踞《うずく》まって、黙然と時を過《すご》すのを楽《たのしみ》とした」(『漱石全集　第十二巻』岩波書店、一九九四年)

漢詩を作ることは、漱石にとって、黙って掛け軸を見る楽しみと同じだったのではないでしょうか。

修善寺の病床で作ったものに、もうひとつ「無題」【詩12】の詩があります。

無題

やるせない思いを抱かせる秋がもう訪れた。
血を吐いて危うく死にかけ、骨ばかりの身体となってしまった。

[詩 11]

無題

仰臥人如啞
黙然見大空
大空雲不動
終日杳相同

無題《むだい》　夏目漱石《なつめそうせき》

仰臥《ぎょうが》　人《ひと》　啞《おし》の如《ごと》く
黙然《もくねん》　大空《たいくう》を見《み》る
大空《たいくう》　雲《くも》　動《うご》かず
終日《しゅうじつ》　杳《かす》かに相同《あいおな》じ

全快して床から離れることはいつのことなのだろう。
今日もまた夕陽が彼方《かなた》の村に落ちていく。

前章で、陸游《りくゆう》の「遊山西村（山西《さんせい》の村に遊ぶ）」【詩7】という詩の一節について触れました。

山重水複疑無路
柳暗花明又一村

山重水複《さんちょうすいふくみち》無《な》きかと疑《うたが》えば
柳暗花明《りゅうあんかめい》　又《ま》た一村《いっそん》

陸游が四十三歳のとき、深い山に迷い込み、そこで桃源郷《とうげんきょう》のような小さな村に行きあたったときの詩ですが、この村は、それ以降の陸游の人生にとって心の平安を象徴する場所となります。先に紹介した漱石の漢詩の「夕陽還一村」という言葉は、陸游の「柳暗花明又一村」を典故《てんこ》としたものです。

［詩12］

無題

傷心秋已到
嘔血骨猶存
病起期何日
夕陽還一村

無題《むだい》　夏目漱石

傷心《しょうしん》秋《あき》已《すで》に到《いた》り
嘔血《おうけつ》骨《ほね》猶《な》お存《そん》す
病起《びょうき》期《き》するは何《いず》れの日《ひ》
夕陽《せきよう》還《ま》た一村《いっそん》

偶然というのでしょうか、修善寺の大患は、漱石四十三歳のときでした。

「隠逸」という理想

漱石は、十四歳のときに二松学舎《にしょうがくしゃ》（現・二松学舎大学）に通っています。漢文を勉強するためでした。明治十四（一八八一）年のころです。

当時は、まだ江戸漢学の名残《なごり》が色濃くありました。二松学舎は、備中国窪屋郡《びっちゅうのくにくぼや》（現・岡山県倉敷市《くらしき》）出身の漢学者・三島中洲《みしまちゅうしゅう》（一八三〇〜一九一九）が、漢学盛行《せいこう》を目指して創立した学校でした。「今の世に生まれて、古《いにしえ》の道に反《はん》せざるをこいねがい、常に此《これ》を以《も》って自ら律す。又《また》以って人に教え、実用の才を育《はぐく》み、以って国家に報ぜんと欲す」というのが、三島が二松学舎を作るときにモットーとした考えです。

漱石が二松学舎に入ったころ、日本は、大きな変化の時期にさしかかっていました。一八八一年十月、国会開設の詔勅《しょうちょく》が出されると、自由党や立憲改進党などの政治団体が社会変革に向けて演説や集会を繰り広げていくことになります。また江戸末に結ばれた外国との不平等条約に対しても、条約改正のための各国連合の予備会などが組織されていくことになるのです。

しかし、漱石には、こうした社会への働きかけに加担する意思はまったくありませんでした。二松学舎に入ったのも漢詩漢文の読み書きができるようになるための素養を身につけるためであって、三島の教育に対するモットーのようなものにも漱石はまったく関心を示しませんでした。

漱石がここで学んだ漢詩漢文のなかには、生涯にわたって心に残る中国の詩人たちの言葉がありました。先に見た陸游の言葉もあるいはそのひとつだったかもしれません。

漱石の漢詩に、影響をもっとも及ぼしたのは陶淵明《とうえんめい》（三六五～四二七）だといわれています。漱石の初期の作品に『草枕』がありますが、このなかに次のような言葉が見えます。

「うれしい事に東洋の詩歌《しいか》はそこを解脱《げだつ》したのがある。採菊東籬下《きくをとるとうりのもと》、悠然見南山《ゆうぜんとしてなんざんをみる》。只《ただ》それぎりの裏《うち》に暑苦しい世の中を丸で忘れた光景が出てくる。垣の向《む》うに隣りの娘が覗《のぞ》いてる訳《わけ》でもなければ、南山に親友が奉職《ほうしょく》して居《い》る次第《しだい》でもない。超然と出世間的《しゅっせけんてき》に利害損得の汗を流し去った心持ちになれる」（『漱石全集　第三巻』岩波書店、一九九四年）

一行目の「そこ」とは、漱石が専門として勉強した「同情」「愛」「正義」「自由」など西洋の文学に見える人間の愛憎思惟《あいぞうしい》です。

その次に書かれた「菊《きく》を採《と》る東籬《とうり》の下《もと》　悠然《ゆうぜん》として南山《なんざん》を見《み》る」という漢文は、陶淵明の詩「飲酒《いんしゅ》　其五《そのご》」（後述）の一部です。

陶淵明は六朝《りくちょう》時代の東晋《とうしん》という国の下級貴族の家に生まれました。古代の中国では、経済的に安定した暮らしを送るためには役人となることが必要でした。陶淵明も役人として出仕《しゅっし》しますが、営利や功名を求めるような性格ではありませんでした。四十一歳のとき、県令《けんれい》（現在の県知事にあたる）に任命されましたが、八十日で辞任するともう二度と官《かん》吏《り》になることはありませんでした。

このとき作ったといわれるのが、「帰去来辞」【詩13】と題される詩です。

帰去来《ききょらい》の辞《じ》

さあ帰ろう。
我が家の畑や庭が荒れようとしている、どうして帰らずにいられよう。
いままで生活のために心を犠牲にしてきたが、
もうくよくよと悲しんでいる場合ではない。
いままでのわたしの生活は間違っていたのだ。
これからは自分のために生きよう。

[詩13]

帰去来辞

帰去来兮
田園将蕪胡不帰
既自以心為形役
奚惆悵而独悲
悟已往之不諫
知来者之可追
実迷途其未遠
覚今是而昨非
（部分）

帰《き》去《きょ》来《らい》の辞《じ》　陶《とう》淵《えん》明《めい》

帰去来兮《かえりなんいざ》
田園《でんえん》将《まさ》に蕪《あ》れなんとす　胡《なん》ぞ帰《かえ》らざる
既《すで》に自《みずか》ら心《こころ》を以《も》って形《かたち》の役《やく》と為《な》す
奚《なん》ぞ惆悵《ちゅうちょう》して独《ひと》り悲《かな》しまん
已往《いおう》の諫《いさ》めざるを悟《さと》り
来者《らいしゃ》の追《お》う可《べ》きを知《し》る
実《じつ》に途《みち》に迷《まよ》うこと　其《そ》れ未《いま》だ遠《とお》からずして
今《いま》は是《ぜ》にして昨《さく》は非《ひ》なるを覚《さと》る

道に迷ったとはいってもまだ正しい道からそう遠くは離れていない。
いま役人を辞めて帰ることが正しい生き方であり、
昨日までの間違っていたことを悟《さと》ったのである。

陶淵明は「隠逸詩人《いんいつしじん》」と呼ばれます。そうはいっても、山のなかに隠れて人を避ける隠《いん》者《じゃ》ではありません。有名な「飲酒　其五」【詩14】に陶淵明の理想とするユートピアが描かれています。「飲酒」は二十首あり、酒を飲んで綴《つづ》った詩ということです。

飲酒　その五

小さな庵《いおり》を結んで、街のなかに住む。
役人どもが行き交う車馬の音に煩《わずら》わされることはない。
どうしてそんなふうにしていられるかと君は問うが、
心が俗事を離れていれば、おのずから僻地《へきち》にいるかのような境地に達するものなのだ。
東側の垣根の下で菊の花を採り、
悠然《ゆうぜん》として南山《なんざん》を見れば、
山の気配は夕暮れによく、

[詩14]

飲酒　其五

結廬在人境
而無車馬喧
問君何能爾
心遠地自偏
採菊東籬下
悠然見南山
山気日夕佳
飛鳥相与還
此中有真意
欲弁已忘言

飲酒《いんしゅ》　其《そ》の五《ご》　陶淵明

廬《いおり》を結《むす》びて　人境《じんきょう》に在《あ》り
而《しか》も車馬《しゃば》の喧《かまびす》しき無《な》し
君《きみ》に問《と》う何《なん》ぞ能《よ》く爾《しか》るやと
心遠《こころとお》ければ地《ち》自《おのず》から偏《へん》なり
菊《きく》を採《と》る東籬《とうり》の下《もと》
悠然《ゆうぜん》として南山《なんざん》を見《み》る
山気《さんき》　日夕《じっせき》に佳《よ》く
飛鳥《ひちょう》　相与《あいとも》に還《かえ》る
此《こ》の中《うち》に真意《しんい》　有《あ》り
弁《べん》ぜんと欲《ほっ》して已《すで》に言《げん》を忘《わす》る

鳥どもがねぐらへと帰っていく。
このなかにこそ人のあるべき真の姿がある。
そんなことをいおうと思うが、すでに言葉は宙に舞う。

漱石の生き方はまさに、陶淵明の隠逸《いんいつ》を実現しようとしたものでした。

イギリス留学から戻った漱石は、三十六歳のとき、東京帝国大学文科大学講師として招かれます。英文学の研究を行って業績を作っていけば、いずれ教授となる生活の保証もありました。しかし『吾輩は猫である』『坊っちゃん』『草枕』などを発表後、四十歳のときに、漱石は朝日新聞社に入社します。陶淵明が、県令に任命されたにもかかわらず、わずか八十日で辞任したことと重ねて見ることができるでしょう。

「則天去私」へと続く道

地位や名誉などを求めなかったということからいえば、漱石にはほかにふたつのエピソードがあります。

明治四十（一九〇七）年六月十七日から十九日のことです。総理大臣であった西園寺公《さいおんじきん》望《もち》が当時著名だった文士《ぶんし》二十人に、小説についての話を聞きたいといって招いたことがありました。森鷗外《もりおうがい》、幸田露伴《こうだろはん》、泉鏡花《いずみきょうか》、島崎藤村《しまざきとうそん》、徳田秋声《とくだしゅうせい》、国木田独歩《くにきだどっぽ》、田山花袋《たやまかたい》、坪内逍遥《つぼうちしょうよう》、二葉亭四迷《ふたばていしめい》、夏目漱石などです。ふつうならこれほど名誉なことはないと思うでしょう。

しかし、漱石はこれに、俳句をひとつ添えて断ります。

時鳥厠半ばに出かねたり《ほととぎすかわやなかばにいでかねたり》

また、明治四十四（一九一一）年二月二十日、文学博士号を授与するという手紙がきます。修善寺の大患から半年後のことです。漱石はすでに小説とすれば前期三部作の『門』を書き終えています。博士の称号を得れば、再び東京帝国大学の教員となり、時間をかけて次の小説の案を練るということも可能だったはずです。

しかし、これも漱石は翌日すぐに断ります。

「小生《しょうせい》は今日迄《まで》ただの夏目なにがしとして世を渡って参りましたし、是《これ》から先も矢張《やは》りただの夏目なにがしで暮したい希望を持って居《お》ります。従って私は博士の学位を頂《いただ》きたくないのであります」（明治四十四年二月二十一日、文部省専門学務局長あての書簡、『漱石全集　第二十三巻』岩波書店、一九九六年）

漱石は、隠逸して人生を楽しむかのように文章を書き、そして最後には漢詩を作ることになるのです。

漢詩は、いらないものをどんどんとそぎ落としていく作業です。主語もない、時制もない世界で、しかも「欲弁已忘言（弁ぜんと欲して已に言を忘る）」（「飲酒　其五」）といえるまでの境地を体現して人に伝えるのが、漢詩の真髄であると漱石は考えていたようです。それが、漱石が最後に行き着いたとされる「則天去私《そくてんきょし》」というものでしょう。

さて、漱石はこの境地を漢詩で表現することに成功したのでしょうか。

大正五（一九一六）年八月十四日に書かれた「無題」【詩15】とされる漢詩をひとつ紹介しましょう。死の四か月前に書かれた詩です。

無題

世間から遠ざかった生活をしていると、
名利《めいり》を求めて酔う人の忙しさがよく見えてくる。

[詩15]

無題

幽居正解酒中忙
華髪何須住酔郷
座有詩僧閑拈句
門無俗客静焚香
花間宿鳥振朝露
柳外帰牛帯夕陽
随所随縁清興足
江村日月老来長

無《む》題《だい》　夏目漱石

幽居《ゆうきょ》　正《まさ》に解《かい》す　酒中《しゅちゅう》の忙《ぼう》
華髪《かはつ》　何《な》んぞ須《もち》いん　酔郷《すいきょう》に住《す》むを
座《ざ》に詩僧《しそう》有《あ》りて　閑《しず》かに句《く》を拈《ねん》じ
門《もん》に俗客《ぞっかく》無《な》く　静《しず》かに香《こう》を焚《た》く
花間《かかん》の宿鳥《しゅくちょう》　朝露《ちょうろ》を振《ふる》い
柳外《りゅうがい》の帰牛《きぎゅう》　夕陽《せきよう》を帯《お》ぶ
所《ところ》に随《したが》い縁《えん》に随《したが》いて　清興《せいきょう》足《た》る
江村《こうそん》の日月《じつげつ》　老来《ろうらい》長《なが》し

白髪《しらが》になって年をとったわたしには、
もう、そうしたものを求めて酔った世界にいる必要もなくなった。
気の合った詩人の僧侶とふたりで静かに漢詩の句をひねる。
家の門には客もなく、ただ静かに香《こう》を焚《た》く。
花木の梢《こずえ》に巣くう鳥が、朝の目覚めに露を払い、
柳の緑の枝越しに、牛が夕陽を帯びて帰りゆく。
見るもの聞くもの、清らかな楽しみに心を満たす。
田舎での、明けては暮れる一日が、すこしずつ長くなったようである。

「座《ざ》に詩僧《しそう》有《あ》りて　閑《しず》かに句《く》を拈《ねん》じ」とありますが、実際にそうした人がいるわけではありません。

漱石が好きな漢詩人には、陶淵明のほかに、王維《おうい》（六九九〜七五九、あるいは七〇一〜七六一とも）という人がありました。「詩仏《しぶつ》」とも呼ばれ仏教に帰依《きえ》して孤独と自然を愛した人です。山水画《さんすいが》の祖とも呼ばれますが、言葉では表すことのできない静謐《せいひつ》な禅の境地を求めた人として知られています。

禅は仏教の宗派のひとつですが、本来は「心の平安」を体現して時空の変化のなかに存

在する真理の一筋を求めることです。この漢詩のなかの「詩僧」は、王維のような人が目の前にいるように思っているという言葉なのではないでしょうか。

漱石も漢詩と同時に、多くの書画《しょが》を残しています。

王維の作品は「詩中《しちゅう》に画《が》あり、画中《がちゅう》に詩《し》あり」といわれていますが、漱石の漢詩にも美しい自然のひとこまが表されています。自然のなかに融《と》けるように、人もまた生きているというのです。これもまた漱石にとっての「則天去私」という理想的な存在の仕方だったのでしょう。

漱石が、博士号授与を断るために書いた手紙、「小生は今日迄ただの夏目なにがしとして世を渡って参りましたし、是から先も矢張りただの夏目なにがしで暮したい希望を持って居ります」という言葉は、非常に重要なものではないかと思います。「夏目」と姓を書いていますが、あるいは養子に出された先から戻らなければ、四谷の夜店をやっている家の姓であったかもしれませんし、もう一件養子に出された塩原という姓だったのかもしれません。でもそんなこともじつは、どうでもいいことだと思えるようになりたかったのです。

禅を通じて悟りを開くことはできなかったと漱石はいいます。しかし、漢詩を作っている間、彼はそこに没頭して、「我」を忘れることができたのです。

修善寺の大患のすぐあとに書いた漢詩の結句《けっく》に、漱石はこう書いていました。

終日杳相同　終日《しゅうじつ》　杳《かす》かに相《あ》い同《おな》じ

一日中、暗く遥《はる》かなところにじっとある。

漱石は、このような、現実とも現実でないともいえない、自分が雲にでもなった状態を、漢詩を作ることで体感することができたのかもしれません。

漱石、最期の詩

次に紹介する「無題」【詩16】は、漱石最期《さいご》の詩です。大正五（一九一六）年十一月二十日夜に書かれました。

無題

悟《さと》るということは決して生易《なまやさ》しいものではない。

自己本来の面目《めんもく》はなにかと尋《たず》ねていけばいくほど、

[詩16]

無題

真蹤寂寞杳難尋
欲抱虚懐歩古今
碧水碧山何有我
蓋天蓋地是無心
依稀暮色月離草
錯落秋声風在林
眼耳双忘身亦失
空中独唱白雲吟

無題　夏目漱石

真蹤《しんしょう》は寂寞《せきばく》として　杳《よう》として尋難《たずねがた》し
虚懐《きょかい》を抱《いだ》いて　古今《ここん》に歩《あゆ》まんと欲《ほっ》す
碧水《へきすい》　碧山《へきざん》　何《なん》ぞ我《われ》有《あ》らん
蓋天《がいてん》　蓋地《がいち》　是《こ》れ無心《むしん》
依稀《いき》たる暮色《ぼしょく》　月《つき》は草《くさ》を離《はな》れ
錯落《さくらく》たる秋声《しゅうせい》　風《かぜ》は林《はやし》に在《あ》り
眼耳《がんじ》双《ふた》つながら忘《わす》れ　身《み》も亦《ま》た失《うしな》う
空中《くうちゅう》独《ひと》り唱《とな》う　白雲《はくうん》の吟《ぎん》

道は遥《はる》かに寂寞《せきばく》としてつかみきれない彼方《かなた》にある。
あらゆる迷いを払拭《ふっしょく》し完全な悟りの境地に達するということができなくても、
せめて我欲《がよく》を去ったむなしい心で生涯を終えたいと考える。
深緑色の河や山を見るがいい、どこに醜い我執《がしゅう》があるだろう。
空や大地を見るがいい、そこには無心のみがある。
ほんのりと夕闇《ゆうやみ》が閉ざす草むらから月が上がり、
雑木林に秋の風がわびしく音を立てている。
私はこの美しさのなかで耳目《じもく》の欲を忘れ、自らを忘れ、
あたかも空中に舞い遊ぶような絶妙の佳境《かきょう》に浸《ひた》っている。

漱石はこれを書いた二日後、容態が悪化し、筆を執《と》ることもできなくなってしまいます。そして十二月九日午後七時前に亡くなってしまうのです。

悟りの境地を求めながら自然と一体になって消えていった漱石。漱石の小説は明治という西洋的近代のなかで生まれてくる人々の知識と欲を描いたものだったといえるでしょう。ただし、それと同時に、漱石は、非常に東洋的な理想郷を心のなかに求めていったのです。

第三章
杜甫《とほ》、生きるためのラブレター

竟何之
どこへ行けばいいのだろう

五言絶句の奇跡

唐代《とうだい》の詩人、「詩聖《しせい》」と呼ばれる杜甫《とほ》（七一二〜七七〇）の「絶句《ぜっく》」【詩17】という作品があります。

漢詩は、一見すると、ただの漢字が並べてあるようにしか見えません。しかし、そのなかに大きな世界を描き出しています。この詩などはとくに杜甫の天才を如実《にょじつ》に表すものといえるでしょう。

パズルを解くようにして、この詩を味わってみましょう。

まず、この詩のなかから色を探してみたいと思います。第一句目に「碧《みどり》」と「白」があります。そして第二句目には「青」があります。しかし、じつはもうひとつ色を表す漢字が第二句目の最後にあります。「然」という漢字です。

まさか……と思う方もすくなくないでしょう。「然」は、現在、我々が習う漢字では「自然」とか「天然」など「しかり（そうである）」という意味となります。しかし、杜甫が生きていた時代、この「然」は火偏《ひへん》がついた「燃」と同じで「もえる」と読んでいました。つまり色としては「燃える火の色」がここには書かれているのです。

絶句

江碧鳥逾白
山青花欲然
今春看又過
何日是帰年

絶句《ぜっく》　杜甫《とほ》

江《こう》碧《みどり》にして　鳥《とり》逾《いよいよ》白《しろ》く
山《やま》青《あお》くして　花《はな》然《も》えんと欲《ほっ》す
今春《こんしゅん》看《みすみす》又《ま》た過《す》ぐ
何《いず》れの日《ひ》か是《こ》れ帰年《きねん》ならん

次に、対《つい》になっている言葉を探してみましょう。川を表す「江《こう》」に対して「山」、「鳥」に対して「花」があります。しかし、それだけではありません。じつは、日本人の我々にはよくわかりませんが、聴覚的に対になる言葉として「逾」と「欲」という漢字が選ばれているのです。

日本語の漢字音では、それぞれ「ユ」と「ヨク」となってその対比がわかりませんが、古代中国語では、「逾」は「ディウッグ」、「欲」は「ギユック」という音で、韻《いん》を踏むものだったのです。

さらに、最初の二句についていえば、もっとおもしろいことが発見できます。それは、「鳥《とり》逾《いよいよ》白《しろ》く」と「花《はな》然《も》えんと欲《ほっ》す」というところです。

「鳥がどんどん白くなる」というのは、すこしおかしくありませんか。もちろん、雷鳥《らいちょう》のように冬になると羽替《はねが》わりをして白くなるというのもありますが、ここではそんな鳥のことを詠《よ》んでいるわけではありません。古代中国語では、「白」は、白色のことではなく、「透明」をいう言葉なのです。この詩で、杜甫は、鳥が遠くへ飛んでいって小さく見えなくなるということを「鳥、逾白く」と詠んでいるのです。

それでは「花然えんと欲す」というのはどうでしょう。鳥が小さくなって見えなくなるというのと対照的に「目の前に、みるみるうちにフワッと、花が真っ赤な花弁を開く」というのです。

　こんなふうに読み解くと、「碧」と「青」という漢字も気になりませんか。「碧」は、深い緑色をした川の色です。そして「青」はブルーの青色ではありません。漢詩では、新緑のきれいな黄緑色を示す言葉です。

　ここで前半二句を、まとめてわかりやすく訳してみましょう。


川は深い緑を湛《たた》えてゆっくり流れ、鳥は遠く青空のなかに飛んでいく。

山の新緑のなかに、燃えるような赤い花が大きく花弁を開いていく。

　それでは後半二句はどうでしょうか
　前半部に、春の景色のなかに美しく映《は》える色彩を描きながら、後半部では、一転してそれを無情に感じ、望郷の念、家族への想いで胸が張り裂けんばかりの寂しさを吐露《とろ》しています。
「看」という漢字は、よく見ると、「手」と「目」の組み合わせで作られています。手を目の上にかざしているところをそのまま描いたものです。「看」は「あっというまに、見ている対象が、過ぎていく、見えなくなる、変化していく」ということを意味します。この美しい春も、あっというまに、夏に変わってしまうというのです。
それでは最後の句はいかがでしょう。「帰年」という言葉には、西晋《せいしん》の陸機《りくき》（二六一～三〇三）が書いた「挽歌詩《ばんかし》（其三《そのさん》）」が典故《てんこ》として利用されています。

人往有反歳　人《ひと》は往《ゆ》きて反《かえ》る歳《とし》有《あ》るも
我行無帰年　我《われ》は行《ゆ》きて帰《かえ》る年《とし》無《な》し

生きている人が旅に出れば、いつかはきっと家に帰ってくるが、このわたしの旅にはもはや帰れる時がない。

つまり、「いつになったら故郷に帰れるのだろうか」と自問しつつ、それができる時間がすでに残されていないことを示唆《しさ》しているのです。
それでは、杜甫の「絶句」【詩17】をじっくりと味わってみましょう。

絶句

川は深い緑を湛えてゆっくり流れ、鳥は遠く青空のなかに飛んでいく。

山の新緑のなかに、燃えるような赤い花が大きく花弁を開いていく。
今年の春もまた、またたくまに過ぎていくことだろう。
いつになったら故郷に帰ることができるかと思うが、それはきっと叶《かな》うまい。

悠久《ゆうきゅう》の自然に対する人間の命のはかなさ、そして季節の変化は、常に法則のように決まっているのに、時代の変化はいつも急激で、あっというまに人々を幸福の絶頂から不幸のどん底まで引きずりおろしてしまう。人生とはどうしようもないものだという悲嘆がここには記されています。

五言絶句《ごごんぜっく》という二十文字の詩型のなかに、杜甫は奇跡のような世界を描き出しているのです。

ただ、こうした技巧《ぎこう》が、杜甫を「詩聖」とよばせたのではありません。技巧に卓越《たくえつ》した人はどんな分野にも必ずいます。しかし、技巧と合致する高い精神がなければ、人は「聖人」という位置にまではけっして到達しないのです。「詩聖」と呼ばれるにいたった杜甫の精神性、それこそが問題なのです。

この章では、漢詩が本来、どのような機能を果たすものだったのか、そして杜甫はそこにどのような新しい生命を吹き込んだのかということを中心に述べ、杜甫が「詩聖」となったいきさつについても触れたいと思います。

「絶句」という言葉を、我々は「言葉に詰まって、次の言葉が出てこない」という意味で「絶句した」という表現で日常生活のなかで使います。じつは、この「絶句」という言葉は、杜甫の詩と深く関係があるのです。というのは、杜甫が生きていた時代、詩は「律詩《りっし》」という八行の詩型で書かれるのが常識だったのですが、杜甫はまさに「絶句」してしまって、あとの四行が書けなくなってしまう詩人だったからです。

冒頭の詩も本来なら、八句の律詩で書こうと思ったのかもしれません。しかし杜甫は「絶句」と題してしまっています。あとから継ぎ足そうと思ったのかもしれませんが、まさに「絶句」して次が書かれることはありませんでした。

杜甫を絶句させた天才

杜甫がそうなった原因のひとつは、李白《りはく》という天才と出会ってしまったことです。杜甫は長い詩をたくさん書いています。しかし、その多くは、長くなればなるほど、なにをいいたいのか、よくわからなくなるものも、すくなくないのです。杜甫は「詩聖」、そして李白は「詩仙《しせん》」と呼ばれます。「詩仙」は「詩を書く仙人」という意味です。

杜甫を絶句させた詩人・李白とは、どんな人物だったのでしょうか。

李白（七〇一～七六二）は、杜甫より十一歳年上で、すでに若いころから非常に有名な詩人でした。「静夜思」【詩18】は、李白が二十六歳（諸説あり）のときに作ったものです。

静かな夜に思う

ベッドの前に月の光が落ちている。
その白さは、まるで地上に落ちた霜のようかと思われる。
ふと、頭を上げて山の端《は》にかかる月を見、
そして、俯《うつむ》いて故郷を思いやる。

「月光《げっこう》」「霜《しも》」「山月《さんげつ》」という冷たい言葉を三句に連ねて、最後の一句で、家族への熱い想いを吐露《とろ》する。こんな詩が書ける人は、それまでいなかったと思われます。

皇帝・玄宗《げんそう》の妹からどうしても会いたいといわれ、李白は首都・長安《ちょうあん》に召し上げられます。そこで李白は、玄宗に仕《つか》えて信任のあった賀知章《がちしょう》という仙人のような当時の詩壇《しだん》のトップに推挙《すいきょ》されて、玄宗の顧問とでもいうべき翰林供奉《かんりんぐぶ》という役職をもらうのです。

賀知章はこのとき八十三歳、李白は四十二歳になっていました。ふたりで朝までお酒を飲み、酔ったまま、後ろから役人に着物の衿《えり》を引っ張られて参内《さんだい》するというようなことを毎日繰り返します。

賀知章は李白のことを「謫仙人《たくせんにん》」と呼びました。仙界から流謫《るたく》されて地上に降りてきた仙人だというのです。こんなところから、いつしか李白は「詩仙」と呼ばれるようになりました。

しかし、毎日お酒を飲んでばかりの宮中に出入りする不思議な男を、まともな役人たちが黙って見ているはずがありません。玄宗皇帝ももはや、李白を側《そば》に置いておくことはできませんでした。李白が長安にいたのは、わずか二年強のことでした。

李白は一定のところに止《とど》まっていられるような性分ではありませんでしたが、玄宗に呼ばれて皇帝の顧問をしていた二年間は、李白にとって自らの経歴に加えられた最高の栄誉だったことでしょう。そうした鼻高々の気分と、我が身のやるせなさとが、李白にはついて回りました。

李白は名前こそ中国人風で、中国古典に対する深い教養もありましたが、まともに科挙《かきょ》を受けて役人になることができない、外国人だったのです。もちろん、外国人でも当時、科挙を受けて唐《とう》の官吏《かんり》になった人はたくさんあります。日本人の阿倍仲麻呂《あべのなかまろ》は李白の友達でしたが、科挙を受けて役人になった人です。李白にはなんらかの理由で、そうした道が

［詩18］

静夜思

床前看月光
疑是地上霜
挙頭望山月
低頭思故郷

静夜思《せいやし》　李白《りはく》

床前《しょうぜん》　月光《げっこう》を看《み》る
疑《うたが》うらくは是《こ》れ地上《ちじょう》の霜《しも》かと
頭《こうべ》を挙《あ》げては山月《さんげつ》を望《のぞ》み
頭《こうべ》を低《た》れては故郷《こきょう》を思《おも》う

はじめから閉ざされていたのです。

人には境遇の差というものが、常について回ります。けっしてすべてが人に平等というわけにはいかないのです。

長安を後にした李白は、東、洛陽《らくよう》へと足を進めていきました。なにかあてがあってのことではありません。ただなんとなく東へ向かったのです。そして、そこでたまたま三十三歳になった杜甫と出会うことになるのです。

四千年に一度の出会い

一方の杜甫は、三十三歳になるまで、なにをしていたのでしょうか。次に、杜甫の出自《しゅつじ》と、李白に出会うまでの杜甫の半生について記したいと思います。

杜甫には大きな自信と自負がありました。

それは、自分には、五百年前に生きた杜預《どよ》（二二二〜二八四）という先祖がいたということに由来するものです。杜預は、武人としても有名でした。そしてさらに孔子が書いた『春秋《しゅんじゅう》』という書物の注釈である「左氏伝《さしでん》」の解釈を行った『春秋経伝集解《けいでんしっかい》』を書いた人でもありました。

杜預の『春秋経伝集解』は、現在でも、我々が中国学を研究するための必読書ですが、とくに、杜甫が生きていた時代、科挙を受けるためにはこの本を暗記していなければなりませんでした。自分の先祖が書いた本が、国家試験の必読書であるというのは、どうでしょう。貴族だけが政治の中枢にいることが許された時代、「あなたの出自は?」と聞かれて、「杜預です」と答えられることは、もう半分、科挙に合格したようなものでした。

それに加えて、杜甫の祖父・杜審言《としんげん》(六四六?〜七〇八)は、詩文を皇帝らから絶賛された有名人でした。あまり人から好かれる人ではなかったようですが、それでも詩文の才能に長《た》けた祖父が皇帝の側近にいたということは、自分が将来、高官になることが決まったようなものだと思うところがあったに違いありません。悪い言い方をすれば、杜甫は高《たか》を括《くく》っていたのです。

とはいっても、杜甫が遊びほうけていたわけではありません。杜甫には政府の高官になることよりも大きな夢がありました。それは「百年、あるいは千年の未来にも、詩人としての名前を残す」ということです。

若き日の思い出を綴《つづ》った「壮遊」【詩19】という詩のなかで、杜甫は次のように書いています。

七歳で詩に志す思いはいっぱいだった。
思わず口を開いて鳳凰《ほうおう》の詩を詠《よ》んだ。
九歳のときには難しい字も書けるようになり、
作った詩が袋いっぱいになるほどだった。

杜甫は、七歳にして詩を作ったこと、九歳のときには難しい漢字も書けたこと、自分が早熟の詩人であることを誇りにしていたのです。そして、十四歳のころには、すでに詩壇に登場して、学者たちから自分の詩が、漢代《かんだい》の文人、揚雄《ようゆう》（紀元前五三～紀元一八）や班固《はんこ》（三二～九二）のものに似ていると褒《ほ》められたといいます。

「性質は豪放で、少年のころからすでに酒の味を覚え、世の悪を憎んで剛直《ごうちょく》の心を抱いていた。同じ年ごろの連中をまったく相手にせず、付き合うのは年をとった人ばかり。酒の酔いが回って天下を見渡せば、どれもこれも俗物ばかり」と思っていたとも、この詩には書いています。

二十歳のとき、杜甫は叔父《おじ》を頼って、江南《こうなん》（現・蘇州《そしゅう》、無錫《むしゃく》、嘉興《かこう》など長江《ちょうこう》下流域）に旅に出ます。それから二十四歳まで、六朝《りくちょう》時代に栄えたこの土地で、豊かな文学の空気を思いきり吸ったのです。

［詩19］

壮遊

七齢思即壮
開口詠鳳凰
九齢書大字
有作成一嚢
（部分）

壮《おお》いに遊《あそ》ぶ　杜甫

七齢《しちれい》にして思《おも》い即《すなわ》ち　壮《そう》なり
口《くち》を開《ひら》きて鳳凰《ほうおう》を詠《えい》ず
九齢《きゅうれい》にして大字《だいじ》を書《しょ》し
作《さく》有《あ》りて一嚢《いちのう》を成《な》す

その後、一度故郷の洛陽に帰りますが、今度は、杜甫からすれば千二百年ほど前、孔子が活躍していた中国の中心地である斉魯《せいろ》地方（現・山東《さんとう》省）に五年ほど遊学します。旅行して勉強ができたのですから、経済的にはずいぶんとゆとりがあったに違いありません。

そして三十歳のころ、杜甫は洛陽に戻ると、首陽山《しゅようざん》の麓《ふもと》に「陸渾荘《りくこんそう》」という邸宅を建て、結婚して、妻を迎えたのでした。当時、よほどのことがなければ女性の名前は、公式には残りませんから杜甫の妻の名はわかりませんが、楊怡《ようい》という、相当に裕福で人脈もある人物の娘だったようです。

こうして、まもなく、杜甫は三十三歳のとき、李白と出会ってしまいます。

中国の文学者・聞一多《ぶんいった》（一八九九〜一九四六）は、「我が国の四千年の歴史のなかで、これほどまでに重要な、これほどまでに神聖な、記念すべき出会いはない。（中略）まるでこのふたりの出会いは、太陽と月が大空で遇《あ》ったような奇瑞《きずい》である」といいます。

ふたりは、互いに認め合い、酒を飲み、文学を論じ、一緒に旅行をして、名跡をたずねます。杜甫にしてみれば、まったく夢のような生活でした。

そして、一年後、再び遇《あ》うことを誓い合って、ふたりは別れるのです。

続かなかった「平和な時代」

李白と別れて、妻の待つ自宅に帰ると、杜甫の前に、夢のなかから突き落とされたような「生活」という現実が現れてしまいます。

父親が亡くなったことがもっとも大きな原因だったと思われますが、経済的困窮《こんきゅう》が杜甫を苦しめます。「こんなはずではなかった」と杜甫は頭を抱えてしまいます。「いずれそのうち、自分も科挙に合格するから」と軽い気持ちで教養を身につけているつもりだったのです。そして、このときも、じつは、まだこれからでも大丈夫と思っていたに違いありません。当時は、四十歳、五十歳で科挙に合格するというのも珍しいことではありませんでした。

百年以上平和な時代が続いていました。

杜甫だけでなく、皆、このまま平和な世の中が続くと無意識に思っていたに違いありません。平和な世の中で、経済はもっと発展する。そういう時代であれば、職に困るということもありません。

しかし、その平和をもたらす象徴であった皇帝・玄宗が、息子の妻であった楊玉環《ようぎょくかん》

（七一九〜七五六）を自分の妻に迎え、「楊貴妃《ようきひ》」としたころから、唐という大帝国は一気に崩壊していくことになるのです。

楊玉環が貴妃として迎えられた七四五年、杜甫は三十四歳になっていました。

次の詩［詩20］は、杜甫が李白と別れる直前に作ったものです。

李十二白《りじゅうにはく》とともに范十《はんじゅう》の隠居《いんきょ》を尋《たず》ねる

李白の詩はすばらしい。

その詩は、華麗《かれい》な抒情詩《じょじし》を書く陰鏗《いんこう》（六朝《りくちょう》時代の陳《ちん》の詩人）の作にも似ている。

一緒に蒙山《もうざん》に遊び、まるで自分の兄のように思ってしまう。

秋の夜、酔って一枚の夜具を共にし、一緒に歩く。

もっとおもしろいところに行こうよといい、

今日は、また城北《じょうほく》の范氏《はんし》の隠居をたずねてきた。

門に入れば、そこは別世界。待っている童子《どうし》さえ気高《けだか》い。

日が落ちるころ、寒空《さむぞら》に砧《きぬた》を打つ音が聞こえ、動かぬ雲が古城に低く垂れ込める。

これまで私は屈原《くつげん》の「橘頌《きっしょう》」という歌を歌って自分の志を曲げないと信じてきたが、

官途《かんと》を棄《す》て、田舎に帰った故人もあった。

［詩 20］

与李十二白同
尋范十隠居

李侯有佳句
往往似陰鏗
余亦東蒙各
憐君如弟兄
酔眠秋共被
携手日同行
更想幽期処
還尋北郭生
入門高興発
侍立小童清
落景聞寒杵
屯雲対古城
向来吟橘頌
誰欲討蓴羹
不願論簪笏
悠悠滄海情

李《り》十二《じゅうに》白《はく》と同《とも》に范十《はんじゅう》の隠居《いんきょ》を尋《たず》ぬ　　杜甫

李侯《りこう》に佳句《かく》有《あ》り　往往《おうおう》　陰鏗《いんこう》に似《に》たり
余《よ》も亦《また》　東蒙《とうもう》の各《きゃく》　君《きみ》に憐《なず》みしこと弟兄《ていけい》の如《ごと》し
酔《よ》いて眠《ねむ》りては秋《あき》に被《ひ》を共《とも》にし
手《て》を携《たずさ》えて日《ひ》と同《とも》に行《ゆ》く
更《さら》に想《おも》う幽期《ゆうき》の処《ところ》　還《ま》た尋《たず》ぬ　北郭《ほっかく》の生《ひと》
門《もん》に入《い》れば高興《こうきょう》を発《はっ》し　侍立《じりつ》せる小童《しょうどう》も清《きよ》し
落景《らくえい》に寒杵《かんしょ》を聞《き》き　屯雲《とんうん》古城《こじょう》に対《たい》し
向来《きょうらい》　橘頌《きっしょう》を吟《ぎん》ずるも　誰《だれ》か蓴羹《じゅんこう》を討《もと》めんと欲《ほっ》す
簪笏《しんこつ》を論《ろん》ずるを願《ねが》わず　悠悠《ゆうゆう》たり　滄海《そうかい》の情《じょう》

役人になることなど論じようとは思わない。
清楚《せいそ》を極める滄海《そうかい》に隠遁《いんとん》したいと思う気持ちが広がっていく。

杜甫は、結句に見られるように、李白と別れる直前に、強気な発言をしています。それにしても、この詩はまだ「杜甫らしさ」が出るところまでにはいたっていません。この詩は、当時科挙に受かるためにかたちだけを真似《まね》てふつうにつくられていた、古典的なおもしろみもなにもない漢詩です。

もし、杜甫が李白に会わなかったら、杜甫は、このような詩をたくさん作り、科挙に合格して、適当な役人として、ふつうの生活をしてそれなりの詩を残したにすぎなかったのかもしれません。

しかし、杜甫は李白から、新しい、「自由な言葉」を受けとってしまいました。「静夜思」【詩18】に見られる、

床前看月光　　床前《しょうぜん》　月光《げっこう》を看《み》る
疑是地上霜　　疑《うたが》うらくは是《こ》れ地上《ちじょう》の霜《しも》かと

というような、わかりやすくて、ただ、ほかのだれにも書くことができないような詩句が李白の口から出るのを、杜甫は一年あまりずっと目の前で見てきたのです。その結果、杜甫のなかに貯《たくわ》えられてきた古典で固められた言葉と、李白から受けとった新しい自由な言葉の間《はざま》で、杜甫の思いはうまく自分の言葉として出てこなくなってしまうのです。

李白を想い続けて

七四六年、杜甫は首都・長安に向かいます。通常行われる科挙とは別に、一芸に秀《ひい》でた人を採用するという触れ込みで、異例の科挙が行われると聞いたからです。しかし、杜甫はこの試験に受かりませんでした。というより、この科挙はかたちばかりのもので、はじめから本当に人を採用することなど想定されていなかったのです。

そんな事情を知らない杜甫は、今度は、洛陽で知り合った遠縁でもある韋済《いさい》（生没年不詳）という高官（尚書左丞《しょうしょさじょう》という官職）が杜甫の仕官を助けてくれると聞いて、彼に願いをかけますが、ことは思ったようにすんなりとは進みません。

次の詩【詩21】は、これ以上時間がかかるようならば、もう待てないという思いを書いたものです。

韋左丞丈《いさじょうじょう》に贈《おく》り奉《たてまつ》る

これから東、海のあるほうに向かおうと思います。
つまり、この西の長安を去ろうと考えるのです。
しかし、まだ見慣れた終南山《しゅうなんざん》が懐かしく、
振り返って渭水《いすい》のほとりを立ち去りがたく思います。
一飯《いっぱん》の恩に報いようと思うわたしは、
大臣からいただいた大恩《だいおん》になにも報《むく》いることができません。
白い鷗《かもめ》も揺れる波間《なみま》に姿を消せば、
万里《ばんり》の彼方《かなた》に飛んでいくわたしを飼いならすことなどできないでしょう。

この詩は、李白の書いたものによく似ています。李白の影響を受けた杜甫の頭には、まだ李白の言葉が鮮やかに生きていたのでしょう。

しかし、それにしても、自分を役人に採用してくれるかもしれない人に贈った詩として、これはどうでしょうか。「わたしを採用してくれなければ、もうわたしはどっかに行ってしまいますよ」というのです。ですが、実際はどこにも行くあてはありません。世

奉贈韋左丞丈

今欲東入海
即将西去秦
尚憐終南山
回首清渭浜
常擬報一飯
況懐辞大臣
白鷗没浩蕩
万里誰能馴
（部分）

韋《い》左《さ》丞丈《じょうじょう》に贈《おく》り奉《たてまつ》る　杜甫

今《いま》　東《ひがし》のかた海《うみ》に入《い》らんと欲《ほっ》し
即《すなわ》ち将《まさ》に西《にし》のかた秦《しん》を去《さ》らんとす
尚《な》お憐《あわれ》む　終南《しゅうなん》の山《やま》
首《こうべ》を回《めぐ》らす　清渭《せいい》の浜《ひん》
常《つね》に一飯《いっぱん》にも報《むく》いんと擬《ほっ》す
況《いわ》んや大臣《だいじん》を辞《じ》するを懐《おも》うをや
白鷗《はくおう》　浩蕩《こうとう》に没《ぼっ》せば
万里《ばんり》　誰《だれ》か能《よ》く馴《な》らさん

話をする側からすれば、「どうぞ、それはご自由に」ということになってしまうのではないでしょうか。

杜甫の人生に話を戻しましょう。

杜甫はずっと李白のことを想い続けます。「李白は、仙人のようにどこに行っても楽しみを見つけ、それを自在に詩にしていくことができる。それに比べて自分は……なにをしているんだろう」と思ったに違いありません。「春日憶李白」［詩22］という詩があります。

春の日に、李白を思う

李白よ、あなたの詩は天下無敵、
飄然《ひょうぜん》として、あなたの詩の着想は人とかけ離れています。
清新な点は梁《りょう》の時代の文人《ぶんじん》、庾信《ゆしん》のように、
また俊逸《しゅんいつ》さにおいては宋《そう》の鮑照《ほうしょう》のように。
いま、わたしのいる渭北《いほく》では、春の日差しのもと、緑の木々が芽を出しています。
あなたは彼方《かなた》、江東《こうとう》の日暮れ雲の下にいらっしゃるのでしょうか。
いずれのときか、ともに一樽《ひとたる》の酒を抱えて、
再び文学について話したいと思います。

[詩22]

春日憶李白

白也詩無敵
飄然思不群
清新庾開府
俊逸鮑参軍
渭北春天樹
江東日暮雲
何時一樽酒
重与細論文

春日《しゅんじつ》　李白《りはく》を憶《おも》う　　杜甫

白《はく》や　詩《し》に敵《てき》なし
飄然《ひょうぜん》　思《おも》いは群ならず
清新《せいしん》なるは庾開府《ゆかいふ》
俊逸《しゅんいつ》なるは鮑参軍《ほうさんぐん》
渭北《いほく》　春天《しゅんてん》の樹《じゅ》
江東《こうとう》　日暮《じつぼ》の雲《くも》
何《いず》れの時《とき》か一樽《いっそん》の酒《さけ》もて
重《ふたた》び与《とも》に細《こまか》に文《ぶん》を論《ろん》ぜん

政治批判の詩を書いても伝わらず

職を得ることができない杜甫は、悶々《もんもん》とした日々を送ります。できれば、職など得なくても、経済的な余裕があれば、自分もまた一緒に李白と歩きたいのでしょうが、三十九歳で長男の宗文《そうぶん》が生まれ、杜甫は日々の生活に追われていくのです。

政情も不安になりつつありました。これまでのように経済が豊かに右肩上がりであれば官職に就《つ》くこともできたかもしれませんが、いまやその道はだんだん細くなってきつつあることは、世の中の空気によって明らかでした。

皇帝・玄宗は、経済を復興させるために国土を拡張しようとし、国境の西域諸国との戦いで敗北が続きます。そのために、さらに民衆に対する徴兵と徴税が厳しくなり、人々の生活は苦しくなる一方でした。

長安にいる杜甫は、多くの文人たちと交わり、政治や社会を批判する詩を多く書くようになっていきます。しかし、科挙に合格していない杜甫、すなわち官僚でない杜甫がどんなに政治を批判しても、だれも彼の言葉に耳を貸そうとはしません。

この苦しさ、やるせなさが杜甫ならではの文学に誘《いざな》うのです。

七五五年、杜甫は四十四歳になります。その二年前には次男の宗武《そうぶ》が生まれていました。政情が不安で、なにが起こるかわからないと感じた杜甫は、家族を長安からさほど遠くない奉先《ほうせん》に疎開《そかい》させていました。単身長安に残って就職活動をしますが、彼の目の前を毎日徴兵された兵士たちが列をなして戦場に送られていきます。

杜甫は、東北の幽州《ゆうしゅう》に出征した兵士に擬《ぎ》して「後出塞」【詩23】という五首の詩を書いています。次はそのひとつ（其《そ》の四《し》）です。

「後出塞」は、「辺境にいる将兵や旅人たちに贈る　後編」というような意味合いです。「前出塞《ぜんしゅっさい》」という詩もあり、こちらが前編です。辺境に行く前の心境を詠んだものが前編、辺境に行った後の思いを詠んだものが後編と考えればわかりやすいでしょう。

後出塞《こうしゅっさい》　その四

凱旋《がいせん》！　凱旋！　という言葉が毎日聞こえる。
西域のふたつの蕃国《ばんこく》は、もう治まってなにも問題ないという。
幽州の漁陽《ぎょよう》は古来、豪快な土地だというが、
兵士たちは勇《いさ》ましく軍楽《ぐんがく》のための楽器を打ち、吹き鳴らす。
江南《こうなん》の船団は水運を通ることになり、

軍の食料が東呉《とうご》より届く。
また越《えつ》からは薄絹《うすぎぬ》、楚《そ》からは練り絹が届けられ、
賤《いや》しい兵士たちもそれで飾り立てている。
軍師団の大将はますます驕《おご》り、
その威張《いば》り具合は天子《てんし》を凌《しの》ぐほど。
ここにいる兵士たちは、意見をいうことさえ許されない。
議論や意見をしただけで、殺され、野辺《のべ》に棄《す》てられる。

ここに書かれた「主将」とは、玄宗皇帝にもかわいがられていた安禄山《あんろくざん》という辺境警備の隊長です。安禄山は、配下に五十四人の将軍を従え、朝廷にそれぞれ兵六千人、馬三千頭を与えてもらい、西域の警備にあたりたいと願い出ました。しかし安禄山のいう「警備」は虚言《きょげん》で、じつは国家転覆《てんぷく》を狙《ねら》っていたのです。

そんなとき、杜甫に初めて、河西県《かせいけん》（現・陝西省《せんせいしょう》渭南市《いなんし》合陽県《ごうようけん》）の地方事務官の仕事があるという話が舞い込んできます。やっと官僚となって、家族を養うことができることになるのです。しかし、杜甫はこれを断ってしまいます。友人からの手紙で、杜甫に与えられる仕事は、人民を鞭打《むちう》って租税を取り立て、それができなければ男子を徴兵して戦場に送

[詩 23]

後出塞　其四

献凱日継踵
両蕃静無虞
漁陽豪俠地
撃鼓吹笙竽
雲帆転遼海
粳稲来東呉
越羅与楚練
照耀輿台軀
主将位益崇
気驕淩上都
辺人不敢議
議者死路衢

後出塞《こうしゅつさい》　其《そ》の四《し》　杜甫

凱《がい》を献《けん》ずること日々《ひび》に踵《きびす》を継《つ》ぐ
両蕃《りょうばん》静《しずか》にして虞《おそれ》無《な》しと
漁陽《ぎょよう》は豪俠《ごうきょう》の地《ち》なり
鼓《こ》を撃《う》って笙竽《しょうう》を吹《ふ》く
雲帆《うんぱん》遼海《りょうかい》に転《てん》ず
粳稲《こうとう》東呉《とうご》より来《きた》る
越羅《えつら》と楚練《それん》と
輿台《よだい》の軀《み》に照耀《しょうよう》す
主将《しゅしょう》位《い》益《えき》崇《たか》く
気《き》驕《おご》りて上都《じょうと》を淩《しの》ぐ
辺人《へんじん》敢《あえ》て議《ぎ》せず
議《ぎ》する者《もの》は路衢《ろく》に死《し》す

る役だということを聞かされたからです。杜甫は、自分にはそんな仕事はとてもできないといったのです。

そして、まもなく、東宮《とうぐう》の禁衛隊に属する右衛率府冑曹参軍《うえいそつぶちゅうそうさんぐん》という官職を得ます。簡単にいえば、武器が置かれた倉庫の管理をすることでした。しかし家族を呼び寄せるほどの給料はもらえません。

破壊された長安で

七五五年十一月、安禄山と史思明《ししめい》が、いよいよ唐王朝転覆の乱を起こします。唐王朝のすべての人にとって、これは人生が根底から覆《くつがえ》る出来事でした。

年内に洛陽《らくよう》が陥落、安禄山は、七五六年の元旦に新しく王として即位します。続けて首都・長安が陥落したとき、杜甫は、運よく長安にいませんでした。妻子を疎開させていた奉先も、次第に危ないと感じた杜甫は、さらに北のほうへと家族を連れて逃げるために長安を離れていたのです。

玄宗皇帝も長安を離れ、西の蜀《しょく》に避難します。また皇太子であった李亨《りこう》は、霊武《れいぶ》（現・寧夏回族《ねいかかい》自治区霊武）で玄宗に代わって粛宗《しゅくそう》として即位し、皇帝となるのです。

杜甫は、鄜州《ふしゅう》（現・陝西省延安市《せんせいしょうえんあんし》）に家族を非難させると、自分は粛宗がいるさらに北方の霊武に向かおうとするのですが、途中で安禄山の軍に捕らえられ、長安に送り返されてしまいます。

こうして、賊軍に包囲された長安で、まず作ったのが「月夜」【詩24】です。

月の夜

今夜、鄜州《ふしゅう》の月を、
妻はひとりで見ているのだろう。
小さな子どもたちのことを、私は遥《はる》かに愛《いと》しく思う。
彼らには、まだ、父が長安にいるということもわからない。
香《かぐわ》しい霧に、おまえの美しい鬢《まげ》はしっとりと潤い、
澄《す》んだ月光が、おまえの玉のような腕を冷たく照らしているだろう。
いったいいつになったらふたりで帳《とばり》にもたれかかって、
涙の乾いた顔を、一緒に月の光に照らすことができるのだろうか。

杜甫の詩が、杜甫らしさを前面に押し出してくるのは、このころからです。

若いころに持っていた「自負」は、無惨《むざん》に砕《くだ》け散ってしまいました。だからこそ杜甫は心の内を、自分の言葉として、素直に出せるようになったのかもしれません。

李白が行く先々で結婚し、そこを離れるたびにその女との縁も切ってしまうという生活をするのと違い、杜甫は死ぬまでひとりの妻を愛し抜きました。杜甫にとって、家族は、なににも増してかけがえのない存在でした。近代の我々からすれば、まったく当たり前のことに思えます。しかし、杜甫のように家族や妻への想いを詩に書くということは、この当時ほとんどなかったのです。

もうひとつ、このころに作られた有名な詩［詩25］があります。

春の眺《なが》め

国は破壊されてしまったが、山河はもとのままに残っている。
都は春だというのに、草木ばかりで人影さえない。
乱れた時勢から思えば、美しい花にも涙が流れ、
家族との別離を恨《うら》めば、鳥のさえずりにも心が痛む。
戦乱は三か月になってもまだ続き、
家族からの無事を知らせる手紙が万金《ばんきん》にもあたる思いがする。

[詩 24]

月夜

今夜鄜州月
閨中只独看
遥憐小児女
未解憶長安
香霧雲鬟湿
清輝玉臂寒
何時倚虚幌
双照涙痕乾

月夜《げつや》　杜甫

今夜《こんや》鄜州《ふしゅう》の月《つき》
閨中《けいちゅう》　只独《ただひと》り看《み》る
遥《はる》かに憐《あわ》れむ小児女《しょうじじょ》の
未《いま》だ長安《ちょうあん》を憶《おも》うを解《かい》せざるを
香霧《こうむ》　雲鬟湿《うんかんうるお》い
清輝《せいき》　玉臂寒《ぎょくひさむ》からん
何《いず》れの時《とき》にか虚幌《きょこう》に倚《よ》りて
双《なら》び照《て》らされて涙痕乾《るいこんかわ》かん

短くなった白髪頭《しらが》を掻《か》いて救いの手を待つのだが、
簪《かんざし》がもう挿《さ》さらないように、その救いもいまはもう来ることはない。

粛宗は、安禄山の軍を渭水《いすい》の北方から討っていきますが、ことごとく大敗してしまいます。「世界でもっとも美しい」といわれた長安は、完全に破壊されてしまいました。杜甫は、ようやく長安を抜け出し、鳳翔《ほうしょう》（現・陝西省宝鶏市《ほうけいし》）にいるという粛宗のもとに向かいました。

杜甫は、粛宗のところで思いがけず、左拾遺《さしゅうい》という官職をもらいます。このとき、杜甫は、「涕涙《ているい》して拾遺を授かり、流離《りゅうり》して主恩《しゅおん》は厚《あつ》し（涙を流して拾遺という官職を拝授します。居所を失ってもなお、主君の恩義はありがたい）」と感謝を述べています。

左拾遺という職は、皇帝の秘書のようなもので、本来的には皇帝の判断などが間違っていればそれを糾《ただ》すのですが、それはあくまで建て前です。本音からすれば、傍《そば》にいて警護してくれるのならいてもいいというくらいの任務だったのです。

ところが、杜甫は「左拾遺であるから」とことごとに粛宗を諭《さと》すのです。杜甫より一歳年上の粛宗は、そんな杜甫を疎《うと》ましく思いはじめますが、杜甫にはその理由がわかりません。杜甫は、「それなりの常識」がまったく理解できなかったのです。

春望

国破山河在
城春草木深
感時花濺涙
恨別鳥驚心
烽火連三月
家書抵万金
白頭掻更短
渾欲不勝簪

春望《しゅんぼう》　杜甫

国《くに》破《やぶ》れて山河《さんが》在《あ》り
城春《しろはる》にして草木《そうもく》深《ふか》し
時《とき》に感《かん》じては花《はな》にも涙《なみだ》を濺《そそ》ぎ
別《わか》れを恨《うら》んでは鳥《とり》にも心《こころ》を驚《おどろ》かす
烽火《ほうか》三月《さんげつ》に連《つら》なり
家書《かしょ》万金《ばんきん》に抵《あた》る
白頭《はくとう》掻《か》けば更《さら》に短《みじか》し
渾《す》べて簪《しん》に勝《た》えざらんと欲《ほっ》す

杜甫は、家族が心配でたまりませんでした。粛宗にはそういって休職を願い出ると、粛宗はすぐに、それなら家族のもとに行きなさいと暇《ひま》を与えました。ところが、杜甫は、「本当に、それでかまいませんか。左拾遺がいないと皇帝はきっとお困りになるでしょう」としつこく何度も粛宗に迫るのです。

酒で憂さを晴らす日々

大燕《だいえん》皇帝と名乗った安禄山は、息子に殺されてしまい、賊軍《ぞくぐん》は次第に内部から崩壊していきました。

その後、粛宗は賊軍を平定して洛陽に戻り、やがて長安を再び唐王朝の首都として機能させることになりました。

杜甫もようやく家族を長安に呼び寄せます。しばらくは平穏な日が続きましたが、それも長くは持ちません。

杜甫は、もともと科挙を受けて官位に就いたわけではなく、臨時政府に雇われただけです。臨時政府が本来の政府に戻れば、もう杜甫のような人はいらないのです。朝廷での仕事は煩雑《はんざつ》で、周りからは疎まれることのほうが多かったといいます。杜甫には、酒を飲ん

曲江　其二

朝回日日典春衣
毎日江頭尽酔帰
酒債尋常行処有
人生七十古来稀
穿花蛺蝶深深見
点水蜻蜓款款飛
伝語風光共流転
暫時相賞莫相違

曲江《きょくこう》　其《そ》の二《に》　杜甫

朝《あさ》より回《めぐ》りて日日《ひび》に春衣《しゅんい》を典《てん》し
毎日《まいじつ》江頭《こうとう》　酔《すい》を尽《つ》くして帰《かえ》る
酒債《しゅさい》　尋常《じんじょう》　行《ゆ》く処《ところ》に有《あ》り
人生七十《じんせいしちじゅう》　古来稀《こらいまれ》なり
花《はな》を穿《うが》つ蛺蝶《きょうちょう》　深深《しんしん》として見《み》え
水《みず》に点《てん》ずる蜻蜓《せいてい》　款款《かんかん》として飛《と》ぶ
伝語《でんご》す　風光《ふうこう》共《とも》に流転《るてん》す
暫時《ざんじ》　相賞《あいしょう》して相違《あいたが》う莫《なか》れ

でその憂《う》さを晴らすしか術《すべ》がありませんでした。
「曲江」【詩26】の二首が書かれたのは、杜甫が四十七歳のときです。曲江は、長安の東南にあった池の名です。

曲江《きょくこう》 その二

朝廷での仕事が終わると、春着を質《しち》に入れ、
毎日、曲江のほとりで酔いを尽くして帰る。
酒代の借りはいつものことで、ほうぼうにつけが溜《た》まっていく。
どうせ七十歳まで生きられるなど、古来稀《こらいまれ》なことなのだ。
花の蜜《みつ》を吸う揚羽蝶《あげはちょう》が花の奥に見え、
蜻蜓《とんぼ》は水に尾を点々と触れながら飛んでいく。
美しい春の風光、私の人生も流転《るてん》する。
しばらく、一緒に楽しんでくれないか。

花はともかく、蝶や蜻蜓を詩に詠む、しかもそうした虫に呼びかけるように「自分と一緒に楽しんでくれ」と書くことは、それまでの漢詩の歴史にはないことでした。

秦州雑詩　其四

鼓角縁辺郡
川原欲夜時
秋聴殷地発
風散入雲悲
抱葉寒蟬静
帰山独鳥遅
万方声一概
吾道竟何之

秦州雑詩《しんしゅうざっし》　其《そ》の四《し》　杜甫

鼓角《こかく》　縁辺《えんぺん》の郡《ぐん》
川原《せんげん》　夜《よる》ならんと欲《ほっ》するの時《とき》
秋《あき》に聴《き》けば地《ち》に殷《いん》として発《おこ》り
風《かぜ》に散《さん》じて雲《くも》に入《い》りて悲《かな》しむ
葉《は》を抱《いだ》ける寒蟬《かんせん》は静《しず》かに
山《やま》に帰《かえ》る独鳥《どくちょう》は遅《おそ》し
万方《ばんぽう》　声《こえ》は一概《いちがい》なり
吾《わ》が道《みち》　竟《つい》に何《いず》くにか之《ゆ》かんとする

七五八年、杜甫は華州《かしゅう》（現・陝西省渭南《いなん》市華州区）の司功参軍《しこうさんぐん》に任命されます。政府からすれば、どこかへ行ってしまえという話です。

華州での職務に就《つ》いたものの、長続きはしませんでした。ほどなくして職務を放棄してしまいます。杜甫の長い放浪生活がここから始まります。家族とともに華州を離れた杜甫がまず向かったのは、秦州《しんしゅう》（現・甘粛《かんしゅく》省天水《てんすい》市）でした。ここでは多くの詩を詠《よ》んでいますが、二十首を収めた「秦州雑詩」【詩27】が有名です。これらの詩には、離官直後の心情が記されています。

秦州雑詩《しんしゅうざっし》　その四

国境の町に外出禁止の太鼓と角笛《つのぶえ》が鳴る。
川沿いの原っぱに夜が訪れるころのことである。
秋の暮れ方、この音が地鳴りのように響いてくる。
その音が風に散り散りになって雲に入ると、よけいに悲しくなってしまう。
秋の終わりまで生き残った蟬《せみ》は、木の葉にしがみついて声もない。
山に帰ろうとした鳥も、この音に驚いてためらいながら飛んでいる。
どこに行っても、戦線の太鼓と角笛の音ばかり。

わたしはいったい、どこへ行けばいいのだろう。

秦州での生活も長くは持たず、放浪の旅に出ます。そしていくつかの土地を転々としたあと、厳武《げんぶ》という友人を頼って成都《せいと》（現・四川《しせん》省成都市）にたどり着きます。

弱い者への視線

このとき杜甫は四十八歳、それからの成都での六年が、杜甫にとってはもっとも幸せな時間でした。

しかし、足元の地面がいつか崩れてしまうかもしれないということを知っている杜甫にとって、その六年は、一瞬一瞬が、まるでガラスの上に立っているような幸せだったのではないかと思われます。

それを表すような非常に変わった、杜甫らしい「縛鶏行」【詩28】という詩があります。「縛《しば》られて連れていかれる鶏《にわとり》のために歌う」という意味です。「行」は歌の種類を表します。

縛鶏行《ばくけいこう》

うちの小僧が鶏《にわとり》を縛って市場に売りにいく。
縛られた鶏は、わけもわからず騒いでいる。
家の者が、鶏が虫や蟻《あり》を食うことを嫌がって売りに出すのだ。
でも、その鶏も売られれば煮られてしまうはずなのに。
虫と鶏と人とどちらが大切ということもない。
そこで自分は小僧《こぞう》を叱《しか》って鶏の縄《なわ》をほどかせてやった。
鶏を助けるのがよいのか、虫を助けるのがよいのか、よくわからない。
そんなことを考えながら、わたしは二階の窓から茫然《ぼうぜん》と冷たい冬の川を見つめている。

杜甫は、不思議な考え方をする人でした。虫を食べる鶏、鶏を食べる人……「食物連《しょくもつれん》鎖《さ》」という言葉で片づけてしまうこともできるかもしれません。しかし、杜甫は、それでは納得できないのです。なにかできるのではないか、虫も鶏も人も、皆を助ける方法がなにかあるのではないかと思うのです。もちろん、そんなことはできません。だから、「二階の窓から茫然と冷たい冬の川を見つめている」しかなくなってしまうのです。

杜甫は李白のように仙人になろうとは思いません。世間を離れ、隠遁《いんとん》して山間の小さな

縛鶏行

小奴縛鶏向市売
鶏被縛急相喧争
家中厭鶏食虫蟻
不知鶏売還遭烹
虫鶏於人何厚薄
我叱奴人解其縛
鶏虫得失無了時
注目寒河倚山閣

縛鶏行《ばくけいこう》　杜甫

小奴《しょうど》鶏《にわとり》を縛《ばく》して市《し》に向《むか》って売《う》る
鶏《にわとり》　縛《ばく》さるること急《きゅう》にして相《あ》い喧争《けんそう》す
家《か》中《ちゅう》鶏《にわとり》の虫蟻《ちゅうぎ》を食《く》うことを厭《いと》い
鶏《にわとり》の売《う》らるれば還《ま》た烹《に》らるるに遭《あ》うを知《し》らず
虫《むし》鶏《にわとり》　人《ひと》に於《おい》て何《なん》の厚薄《こうはく》あらん
我《われ》奴人《どじん》を叱《しか》って其《そ》の縛《ばく》を解《と》かしむ
鶏虫《けいちゅう》の得失《とくしつ》　了《おわ》る時《とき》無《な》し
目《め》を寒河《かんが》に注《そそ》ぎて山閣《さんかく》に倚《よ》る

庵《いおり》で暮らそうとも思いません。ましてや、禅などによって精神を鍛えようなどということも考えません。

毎日の生活に追われていたからということもあるでしょうが、杜甫はその「生活」のなかで見えるすべての存在のそれぞれの哀しみを「どうしてこんなことになるのか」と疑問を抱くのです。

杜甫が、後世「詩の聖人（詩聖）」と呼ばれるようになるのは、微細で、弱い者に視線を注いだからです。蝶《ちょう》、蜻蜓《とんぼ》、蟬《せみ》、蟻《あり》、鶏、そしてもちろん弱い人々です。

漢詩の原点

漢詩は、孔子が編纂《へんさん》した『詩《し》』に淵源《えんげん》があるといわれています。

伝説ではありますが、周《しゅう》王朝が建てられた紀元前一一〇〇年ごろ、「採詩《さいし》の官《かん》」という役人がいたといわれます。地方を回り、民衆が歌っている歌を採集する役人です。民衆は、楽しい生活を送っていれば楽しい歌を歌うでしょう。しかし、悲しく、苦しい歌を歌っていたら、それは王の政治が民を苦しめているからです。民衆の歌を採集することで、王の統治の善《よ》し悪《あ》しがわかるというのです。

こうして集められた歌詞は三千首あったといわれますが、なかでも純粋に昇華されたものを、孔子は三百首（実際には三百十一篇《へん》、現在の『詩』には六篇だけタイトルのみ。三百五篇存す）選んで『詩』という経典《きょうてん》にしたといわれます。

杜甫の詩は、この『詩』の精神と合致するというのです。弱い者の立場になって、一緒に「どうしてこんなふうになったのだろう」と思いながら詩を作ることが、杜甫にとっての「生活」であり、思考の対象だったのです。

杜甫が成都で幸せな時間を過ごせたのは、友人の厳武が、杜甫の生活のすべてを援助してくれたからでした。ところが厳武の突然の死によって援助を失った杜甫は、喘息《ぜんそく》、神経痛、糖尿病を抱えて、船で流浪《るろう》することになってしまうのです。

もう一度会えると思った李白は、すでに亡くなっていました。杜甫が五十一歳のときです。

李白の死、杜甫の死

李白の最後の詩は、「臨路歌」【詩29】というものでした。

大きな道に臨《のぞ》んでの歌

大鵬《たいほう》が飛び八方に翼《つばさ》を広げたが、
中天《ちゅうてん》で翼が砕《くだ》け、力が続かなかった。
その翼の風は後の世まで吹き渡るだろうが、
扶桑《ふそう》に遊んで木に左の袖《そで》を引っかけて動かなくなってしまったのだ。
後世、だれかがこの大鵬を手に入れたと伝えるかもしれないが、
孔子もいない今、だれもこれが大鵬だと知って涙を流すこともない。

大鵬とは『荘子《そうし》』に出てくる神獣《しんじゅう》です。北の彼方「北冥《ほくめい》」にいるとてつもなく大きな魚「鯤《こん》」が、あるとき、さらに変化して大きな「大鵬」に姿を変え、南の彼方「南冥《なんめい》」に飛ぶのです。

李白は、自分は、その「大鵬」だというのです。
「南冥に向かう途中で、自分は地上に下りただけだったのに、ここで木の枝に翼を引っかけてしまった。まぁここで死ぬんだろうが、もうどうでもいいか」と。なんとも李白らしい迫力というか、大きな気合いを持って最期を飾った詩だといえるでしょう。

これに対して杜甫は、自分を身寄りもない頼りなげな一羽の鷗《かもめ》にたとえます。杜甫の最

［詩 29］

臨路歌

大鵬飛兮振八裔
中天摧兮力不済
余風激兮万世
游扶桑兮挂石袂
後人得之伝此
仲尼亡兮誰為出涕

臨路《りんろ》の歌《うた》　李白

大鵬《たいほう》飛《と》んで八裔《はちえい》に振《ふる》い
中天《ちゅうてん》に摧《くだ》けて力《ちから》済《つづ》かず
余風《よふう》は万世《ばんせい》に激《げき》するも
扶桑《ふそう》に游《あそ》んで石《いし》の袂《たもと》を挂《か》く
後人《こうじん》之《これ》を得《え》て此《これ》を伝《つた》うるも
仲尼《ちゅうじ》亡《ほろ》びて誰《だれ》か為《ため》に涕《なみだ》を出《い》ださん

期の詩、「旅夜書懐」［詩30］です。

旅の夜に思いを書く

細い草にそよそよと吹く風の岸。
帆柱《ほばしら》を立てて眠る一艘《いっそう》の船。
星が一面に垂れた平野が広がる。
月は湧《わ》き出るように揚子江《ようすこう》に光を流す。
名声を文章で遺すこともできそうにはない。
官職も、老いと病とで辞めてしまうことになるだろう。
飄々《ひょうひょう》とした我が身はなにに似ているのだろうか。
まるで天地の間に彷徨《さまよ》う一羽の鷗《かもめ》のようなもの。

李白の真似《まね》など杜甫にはできません。自分は、風に流されてなびくもの、翼があっても、風が吹けば飛ばされてしまうようなもの、どこに行くのか、自分でもわからない、そんな弱い者だというのです。

李白は、湖に船を浮かべて、酒を飲み、湖面に浮かんだ月をとろうとして落ちて死んだ

[詩 30]

旅夜書懐

細草微風岸
危檣独夜舟
星垂平野闊
月湧大江流
名豈文章著
官因老病休
飄飄何所似
天地一沙鷗

旅夜《りょや》　懐《おも》いを書《しょ》す　　杜甫

細草《さいそう》微風《びふう》の岸《きし》
危檣《きしょう》独夜《どくや》の舟《ふね》
星《ほし》垂《た》れて平野《へいや》闊《ひら》き
月《つき》湧《わ》きて大江《たいこう》流《なが》る
名《な》は豈《あ》に文章《ぶんしょう》もて著《あらわ》れんや
官《かん》は老病《ろうびょう》に因《よ》りて休《や》む
飄飄《ひょうひょう》として何《なん》の似《に》る所《ところ》ぞ
天地《てんち》の一沙鷗《いちさおう》

という伝説が作られました。生涯李白が好んだものは、漂泊《ひょうはく》と酒と月です。その三つの要素が、この伝説にはうまく盛り込まれています。

ところが、それに対して、杜甫の死因については、とても惨《みじ》めな話になっています。

ひとつは、お腹が減ってどうしようもないときにもらった腐った肉を食べて亡くなったというものです。もうひとつは、暴風雨にやられて船が転覆して亡くなったというものです。いずれにせよ、満足に食べることもできず、自分の人生を根底からひっくり返されて命を失ってしまった杜甫にはふさわしい話かもしれません。

しかし、杜甫にとって、突然襲ってきた死は、「詩の喪失」という不運と幸運をもたらします。七七〇年、杜甫五十九歳のときのことでした。

杜甫の願いは、自分の詩集を作ってほしいということでした。自分の生涯をかけて作った詩を子どもに纏《まと》めてもらおうと思っていました。ところが、その詩がすべて長江の川の水に濡れて喪《うしな》われてしまいます。

その後、三百年ほどかけて、ようやく杜甫の詩はすこしずつ集められていきます。

最終的に、それを手がけたのが王安石《おうあんせき》（一〇二一～一〇八六）でした。王安石は、貧しく苦しい生活をしながら学問に励み、宋王朝・神宗《しんそう》の顧問になって民衆の苦しみを根本から政治的に解決しようとした人物です。

弱い者の苦しみに対して、杜甫は「どうして?」という疑問を抱いたのだと王安石はいいます。杜甫が「詩聖」と呼ばれるようになるのは、この弱者への視線が、『詩』の精神、すなわち孔子の精神と合致しているからだといわれたからにほかなりません。

在世《ざいせい》中の杜甫が、必ずしもそんなことを思って生きていたとは思えません。杜甫は、ただ、ただ、愛する妻と子ども、そして憧《あこが》れの対象であった李白への想いのなかで、生きるために詩を書いていきました。

それは、自分にはどうすることもできないけれど、できることがあれば、なんでもしたいという想いだったと思われます。

詩を書くことは、彼にとって、愛する人への、想いのすべてを込めたラブレターだったのではないかと思うのです。

第四章

蘇東坡《そとうば》、「楽しむ」へのこだわり

値千金

千金に値する

左遷と豚肉

蘇軾《そしょく》（一〇三六～一一〇一）、名は軾、字《あざな》は子瞻《しせん》、号を東坡《とうば》といいます。蘇東坡《そとうば》は、ひとことでいえば、すべてのことを楽しむことができた人でした。六十六年の生涯には、もちろん、辛《つら》いこともあったに違いありません。しかし、どんな辛いことがあっても、蘇東坡はそこに楽しみを見つけました。

たとえば、「東坡肉《トンボーロー》」という彼にちなんだ名前がついた料理をご存じでしょうか。日本の中華料理店では「豚の角煮《かくに》」と呼ばれるほうが多いかもしれません。ただ「角煮」と聞くと、母親が夕飯のおかずにと、その日の夕方に作るような手軽なもので、しかも、口のなかに入れても嚙《か》んで食べるイメージがどうしても離れません。

東坡肉は、まったく違います。まず、作るのに、三日から一週間を要するのです。二、三時間で簡単にできるようなものではありません。コトコトコトコト、弱火でコトコト、炭火でじっくり豚肉を煮ます。八角《はっかく》や粒山椒《つぶさんしょう》、生姜《しょうが》、ネギなどの薬味を入れて、味が肉に染《し》み込むように、何度も火から下ろして、ゆっくり冷まし、また火にかけてというのを繰り返します。

そうして、肉が煮えすぎて、もう形が崩れてしまうというその直前にいただくのです。口にいれると脂身《あぶらみ》の部分がまずトローンととけ、肉の繊維《せんい》の部分が次第に、口のなかでゆっくりとけていくのです。

東坡肉は、蘇東坡が作った最高の料理だといわれています。料理は、蘇東坡の楽しみのひとつだったのです。

さて、蘇東坡がこの東坡肉を作った場所はどこでしょうか。中国の地図を見ると、一番南、南シナ海に臨むベトナムのハイフォン市の対面に浮かぶ海南島《かいなんとう》（海南省）という島があります。ここで東坡肉が作られたのです（浙江《せっこう》省杭州《こうしゅう》で作ったとの説もあり）。

いま海南島は、中国でも最高のリゾート地として、ヨーロッパやアメリカの人たちにも大変人気があります。香港《ホンコン》から飛行機で一時間しかかかりません。ですが、蘇東坡が生きていた時代、海南島は、黎族《リー》、苗族《ミャオ》、壮族《チュワン》などの少数民族が住む未開の島に過ぎませんでした。

こんな島に、蘇東坡はなにをしに来たのでしょうか。左遷です。こんな僻地《へきち》へ左遷されたら、もう二度と、中央の役人として帰ることはないと諦《あきら》めなくてはならないのは明らかでした。

このとき、蘇東坡は、六十二歳。当時とすればもう老年で、いつ亡くなってもおかしくない年齢になっていました。落ち込んで、へたをしたら気落ちから病気になって死んでしまう可能性だってあります。しかし、そんなことくらいで、蘇東坡はへこたれはしません。島に豚がたくさんいることを知り、東坡肉を作り、また詩を書いて楽しんだのでした。

文人一家と保守・革新の攻防

蘇東坡の人生を紹介しましょう。

父親、蘇洵《そじゅん》（一〇〇九〜一〇六六）は、生きているころから文章家として有名な文人でした。そして、蘇東坡も、その弟で三歳下の蘇轍《そてつ》（一〇三九〜一一一二）も父親の血を引き継ぎ、すばらしい文章を書く人に育っていきます。

蘇東坡は、父の蘇洵と蘇轍とともに「唐宋八大家《とうそうはちだいか》」に選ばれることになります。

父親の蘇洵は、若いころ、放蕩無頼《ほうとうぶらい》の徒《と》と遊び回り、二十七歳のときに一念発起《いちねんほっき》して学問に志し、まもなく六経百家《りっけいひゃっか》の学に通じたといいます。「六経」とは儒教の経典をいい、「百家」は老荘《ろうそう》・法家・数学・天文・農業などを合わせたすべての学問を指します。

父、蘇洵が学問に志した翌年、二十八歳のとき、眉州眉山《びしゅうびざん》（現・四川《しせん》省眉山市）で、蘇東坡は生まれました。省都である成都《せいと》市の南にある町です。

蘇東坡は、二十二歳のとき、弟の轍とともに、父親に従い首都の開封《かいほう》に行きます。ここで科挙《かきょ》を受け、進士《しんし》に挙げられます。難関の試験で当時、進士合格は五十歳でも若いほうといわれたほどですが、一回で見事に弟の轍も同時に合格するのです。

しかし、同じ年、四川にいた母が亡くなってしまいます。当時、中国では、父母の死には三年の喪《も》に服すということになっていました。正式の役人でなかった父の蘇洵は、ふたりの息子と一緒に四川に帰り、そして蘇東坡が二十五歳のとき、喪があけるのを待って再び三人で開封に戻るのです。

さて二十六歳、蘇東坡は鳳翔府《ほうしょうふ》（現・陝西省宝鶏市鳳翔区《せんせいしょうほうけいしほうしょうく》）の簽書判官《とうしょはんがん》（副知事）となって赴任します。ここで、四年間務め、三十歳のとき、開封に戻され、国史を編纂《へんさん》するための直史館《ちょくしかん》に置かれます。

しかし一〇六六年、蘇東坡三十一歳のとき、父の蘇洵が亡くなり、再び故郷の四川で喪に服すことになってしまいました。

喪があけた三十三歳のとき、蘇東坡は亡くなった妻の従妹《いとこ》と再婚し開封に戻りますが、首都の雰囲気は三年前とはまったく違ったものになっていました。保守陣営と革新陣営の攻防により、政治の動きが変化していたのです。

蘇東坡は、数代前から眉州《びしゅう》（現・四川省）の大土地所有者の家に生まれたこともあって、保守側にいます。父の喪に服する前まで、欧陽脩《おうようしゅう》、司馬光《しばこう》らが中枢にあって、保守陣営主導で政治が動いていました。皇帝・英宗《えいそう》（在位一〇六三～一〇六七）までのことです。

ところが、英宗を継いだ皇帝・神宗《しんそう》（在位一〇六七～一〇八五）の時代に、革新陣営の旗《はた》頭《がしら》となる王安石《おうあんせき》がすこしずつ台頭してくることになるのです。保守陣営は「旧法党《きゅうほうとう》」、王安石の率いる革新派は「新法党《しんぽうとう》」と呼ばれます。

「死の覚悟」から始まる

蘇東坡は次第に保守と革新の政争に巻き込まれていきます。その背後には革新陣営を率いていた王安石の存在がありました。

ここで、王安石についてすこし触れておきます。

王安石は、杜甫《とほ》の詩のすばらしさを発見した人物です。

貧しい家に生まれた王安石は、本も人から借りなければ勉強することができませんでした。努力を重ねて政治家になった王安石は、政治とは、民《たみ》を救済することにこそあると考えます。

杜甫の詩に貫かれている精神も、民の代弁者となって孔子《こうし》の理想とした徳による政治、つまり「徳政《とくせい》」を敷くことだというのです。そして、税制、徴兵、科挙の制度を抜本的に変えることを主張したのです。

皇帝・神宗は、王安石の改革に全権を与えて支持しはじめます。

しかし、蘇東坡には、王安石のいうことがあまり納得できませんでした。王安石の改革派は、まるで実現不可能な夢のようなものとしか考えられなかったからです。

蘇東坡が書く政治的な文章に対して、王安石はすこしずつ「反政府的」なレッテルをつけはじめます。王安石とそりの合わない蘇東坡は、都を離れ、杭州《こうしゅう》（現・浙江省《せっこう》）から湖《こ》州（現・浙江省）、徐《じょ》州（現・江蘇《こうそ》省）などの役人を続けていました。

そして一〇七九年、四十四歳で湖州に戻ったとき、いきなり都から、蘇東坡を捕縛《ほばく》する役人が送られ、蘇東坡は獄《ごく》に下《くだ》ることになってしまうのです。

理由は、皇帝に対する侮辱《ぶじょく》罪でした。新法党・王安石の意見を聞いて神宗が政治改革を実行することを批判し、政治に混乱を招いたというのです。蘇東坡は死を覚悟しましたが、それを救ってくれたのは弟の轍でした。轍は、自分が辞職するから兄を助けてほしいと懇願したのです。

死罪は免《まぬが》れたものの、官職を奪われた蘇東坡には給料は入ってきません。息子をひとり連れて、蘇東坡は都を離れます。

皮肉なことですが、蘇東坡の「楽しみ」は、死を覚悟したこのときから始まっていくことになるのです。

蘇東坡が残した書の作品が、現在、台湾の故宮博物院《こきゅうはくぶついん》に所蔵されています。「寒食帖《かんじきじょう》」です。

東晋《とうしん》・王羲之《おうぎし》（三〇三ごろ〜三六一ごろ）の「蘭亭序《らんていじょ》」、唐代《とうだい》・顔真卿《がんしんけい》（七〇九〜七八五）の「祭姪文稿《さいてつぶんこう》」と並んで、蘇東坡の「寒食帖」は、「天下の三大行書《ぎょうしょ》」と呼ばれています。

横長の作品ですが、いまの「寒食帖」には、蘇東坡の弟子で、書家としても著名な黄庭堅《こうていけん》が「先生がどれだけ練習をしても、これほどの作品はけっして書けないだろう」ということを書いた紙が添えられています。

歴代の名だたる書家などの鑑賞印が押されていますが、なかでも清朝《しんちょう》の乾隆帝《けんりゅうてい》の宝物となったときに、乾隆帝はこの作品を「神品《しんぴん》」と呼びました。これほどの讃辞はありません。

一〇八二年、四十七歳のときに書かれたものですが、死罪を免れたとはいえ、首都から、黄州《こうしゅう》（現・湖北省《こほくしょう》黄岡市《こうこうし》）に「流刑《るけい》」に処せられていました。流刑ですから、もちろん、給料はありません。貧しい生活を余儀《よぎ》なくされました。その間に書かれたのがこの「寒食帖」です。

「寒食帖」には二首の漢詩が書かれています。次が、そのひとつです［詩31］。

寒食《かんしょく》の雨《あめ》　その一

私が黄州《こうしゅう》に来てから、もう三度の寒食の日を過ごしてしまった。
毎年春が過ぎるのを心から惜《お》しもうとは思うのだが、
春のほうではさっさと過ぎていってしまう。
今年の春は雨が多かった。
ふた月の間、秋のようなさみしさだ。
寝ながら耳を澄《す》ましていると、
紅《べに》で化粧をしている斑色《まだらいろ》の海棠《かいどう》の白色が、
泥まみれになるのが見えるようだ。
暗闇《くらやみ》にまぎれて春をこっそり盗み出してしまう、
そんな力もちが現れないだろうか。
病気に罹《かか》った少年がやっと病床を離れると、
すでに白髪《しらが》の老人になっていたというのと同じことではないか。

「寒食《かんしょく》」とは、冬至《とうじ》から数えて、百五日目にくる祭日です。現代の暦《こよみ》でいえば、冬至が十二月二十二日ごろなので、それから数えて百五日、四月五日前後ということになります。

この時期、中国の南方は、激しい南風が吹くそうです。火事を起こさないようにと火を使わないで、数日前から作っていたものを冷たいまま食べるというので「寒食」と呼ぶのですが、この日は先祖のお墓に皆で参ります。

海棠の淡い紅色の花が咲きはじめるころ、山は新緑に覆《おお》われます。人の心も活力に満ちる時期なのでしょうが、蘇東坡はもう四十七歳になっていました。死罪を免れたとはいえ、人生のターニングポイントはすでに過ぎてしまっています。

「書」という芸術は、一回性のものです。筆のあとをもう一度なぞることは、この芸術ではけっして許されるものではありません。また書き直しても、まったく同じものを造ることはけっしてできません。

それは人生も同じです。

蘇東坡は、この詩を一気に紙に書きました。

弟子の黄庭堅が書いた「先生がどれだけ練習しても、これほどの作品はけっして書けないだろう」というのは、詩に込められた想いが、一本の筆を通して紙の上に溢《あふ》れ出しているのを見てとったからでしょう。そして、二度とは書けないこの書は、乾隆帝を「神品」

[詩 31]

寒食雨　其一

自我来黄州
已過三寒食
年年欲惜春
春去不容惜
今年又苦雨
両月秋蕭瑟
臥聞海棠花
泥汚燕脂雪
暗中秘負去
夜半真有力
何殊病少年
病起頭已白

寒食雨《かんしょくう》　其《そ》の一《いち》　　蘇東坡《そとうば》

我《われ》の黄州《こうしゅう》に来《きた》りてより
已《すで》に三《み》たびの寒食《かんしょく》を過《すご》せり
年年《ねんねん》春《はる》を惜《お》しまんと欲《ほっ》すれども
春《はる》去《さ》って惜《お》しむを容《い》れず
今年《こんねん》又《ま》た雨《あめ》に苦《くる》しむ
両月《りょうげつ》　秋蕭瑟《あきしゅうしつ》たり
臥《ふ》して聞《き》く海棠《かいどう》の花《はな》の
泥《どろ》に燕脂《えんじ》の雪《ゆき》を汚《けが》すを
暗中《あんちゅう》秘《ひそ》かに負《お》ひ去《さ》る
夜半《やはん》　真《まこと》に力《ちから》　有《あ》り
何《なん》ぞ殊《こと》ならんや　病《や》める少年《しょうねん》の
病《やまい》より起《お》きれば頭已《あたますで》に白《しろ》きに

と唸《うな》らせるほどの出来栄《できば》えとして、いまに残されています。

ところが、この「寒食帖」は、乾隆帝が亡くなってから日本の好事家《こうずか》によって買いとられることになるのです。

「寒食帖」の数奇な運命

陸游《りくゆう》や杜甫は、自然の「無限」に対し、人の生の「有限」を、詩に多く詠んでいます。

一方、蘇東坡は、「無限」と「有限」に加えてもうひとつ「物の流転《るてん》」という視点を持っていました。蘇東坡は、そのような視点を持つことで、どんな境遇にあっても人生を楽しむというユートピアへの道を求める力を得ていくのです。

そのこととも関係するので、「寒食帖」が乾隆帝のあと、日本人が所蔵した話をすこししたいと思います。

乾隆帝が亡くなったのは一七九九年のことでした。乾隆帝はほぼ十八世紀の終わりとともに亡くなるわけですが、十九世紀に入ると、清朝《しんちょう》は、次第に欧州列強の標的となって主要都市が租借地《そしゃくち》として、どんどん割譲《かつじょう》されていきます。

そのひとつの原因は、清朝が、広州《こうしゅう》一港だけを対外貿易港とし、欧州からの貿易をあくまで朝貢《ちょうこう》と考えていたからでもありました。

まず、一八四〇年、イギリスとの間に起こったアヘン戦争で、中国は上海など五つの港の開港を余儀なくされ、香港《ホンコン》を割譲し、南京《ナンキン》条約を結ばされます。さらに、一八五六年には、イギリス船籍のアロー号の中国人船員が清朝政府に逮捕されるという事件が起き、また広西《こうせい》省でフランス人宣教師が中国人に殺されるという事件をきっかけに、イギリスはフランスと組んで再び清朝政府に戦争を仕掛けます。

いわゆる第二次アヘン戦争（「アロー戦争」とも）ですが、これにも敗北した清朝は一八五八年に天津《てんしん》条約を結ばされ、天津、南京などさらに十一の港を開港することになるのです。

一八五六年の第二次アヘン戦争に際し、イギリス人とフランスの連合軍は、一七〇九年に造られた円明園《えんめいえん》を放火によって破壊します。蘇東坡の「寒食帖」はこのとき、円明園の蔵書楼《ぞうしょろう》にあったのですが、焼失を免れたものの民間に流出してしまったのです。「寒食帖」の巻物の下部にはこのときの焼け跡がいまでも生々しく残っています。

数人の中国人の好事家を経て、「寒食帖」は一九二二（大正十一）年、顔世清《がんせいせい》という人物によって日本に運ばれます。そして、企業家で、南画《なんが》の蒐集家《しゅうしゅうか》として有名な菊池晋二《きくちしんじ》（号は惺堂《せいどう》）の所蔵となりました。

菊池は、「寒食帖」と、南宋《なんそう》時代李公麟《りこうりん》の筆と考えられていた「瀟湘臥遊図巻《しょうしょうがゆうずかん》」（現・東京国立博物館所蔵・国宝）、そして渡辺崋山《わたなべかざん》「于公高門図《うこうこうもんず》」（重要文化財）の三点を家宝として所有することになります。

「寒食帖」を手に入れた翌年の九月一日、関東大震災が起き、菊池は、この三点以外のすべてのコレクションを一夜にして喪《うしな》ってしまいます。

そして、一九三五（昭和十）年、菊池晋二は亡くなります。菊池家はその後、第二次世界大戦中にはこの三点を、安全なところに疎開させて保存していましたが、こうした貴重な文化財を私有することは不可能だと判断するにいたります。

第二次世界大戦終結の三年後、一九四八年に「寒食帖」は中国国民党の外交部長であった王世杰《おうせいけつ》に売却され、そして一九八七年、ついに台湾故宮《こきゅう》博物院に寄贈されました。

「人生七十古来稀（人生七十《じんせいしちじゅう》 古来稀《こらいまれ》なり）」と、杜甫はいっています。人の一生は長くても百年ですが、十五行しかない「寒食帖」は九百年を生きています。故宮博物院という堅《けん》牢《ろう》な管理下にあれば、これからもこの作品は「神品」として、数百年、数千年にわたって保存されていくことになるのかもしれません。

蘇東坡も自分の名前、自分の作品が永遠に残ることを望んだことは確かです。しかし、その望みは、漠然《ばくぜん》としたものです。自分が亡くなってからの評価は、まったくわかりません。蘇東坡と対立する側にあった王安石が、杜甫を評価し「詩聖《しせい》」とする道をつけるのですが、蘇東坡は自分の作品が「神品」と呼ばれるようになることなど、「寒食帖」を書いているときには、想像もつかなかったでしょう。

ただ、その漠然とした望み……それは作品を作る原動力となりえます。いいかえれば、一点一画を筆で記す一瞬、あるいは自分の作品を作る、十分ほどの時間に集中する力こそが、その作品が持つであろう「永遠」に命を吹き込むのです。

「所有」を問う

ところで、「寒食帖」が書かれたのと同じ年、もうひとつの不朽《ふきゅう》の名作と呼ばれる作品「赤壁賦」【詩32】を、蘇東坡は書いています。

小説『三国志《さんごくし》』でもよく知られる、後漢《ごかん》末二〇八年、魏《ぎ》・呉《ご》・蜀《しょく》の三国鼎立《さんごくていりつ》が起こるにいたる戦いが行われた揚子江《ようすこう》の「赤壁《せきへき》」というところに、客と船を浮かべて宴会をしたときの詩です。一〇八二年夏、七月十六日のことでした。長い詩なので、概要を紹介しましょう。

蘇東坡と客は、酒を酌《く》み交《か》わし、歌を歌います。そして歌のひとつから、蘇東坡は八百年前に生きた魏の大将、曹操《そうそう》のことを思い出すのです。

「知恵と勇気によって兵を指揮する曹操は、同時に戈《ほこ》を横たえて詩を賦《ふ》すすばらしい男だった。しかし、その曹操も時間という流れには勝てない。人の一生はなんとはかないものだろう」というのです。

これだけなら、よく漢詩の主題に使われるものだといえるでしょう。しかし、蘇東坡は、この詩の後半部分で次のように記します。

そもそも天地の間にあるものは、それぞれ所有者がある。
いやしくも自分が所有するものでないならば、
一本の毛（ほんのすこし）といえども取ってはならない。
ただ揚子江《ようすこう》の上を吹く清々《すがすが》しい風と、山あいの明月だけは、
耳に入れば心地よい音となり、目に映《うつ》れば美しい景色となる。
これらを取っても禁じる者はなく、使っても尽きることがない。
これは万物《ばんぶつ》を創った造物者《ぞうぶつしゃ》のものであってだれのものでもない。
だからこそ、わたしと君とともに心に適《かな》うものである。
これを聞いて客は喜んで笑い、杯《さかずき》を洗って改めて酒を酌《く》んだ。

赤壁賦

且夫天地之間
物各有主
苟非吾之所有
雖一毫而莫取
惟江上之清風
与山間之明月
耳得之而為声
目遇之而成色
取之無禁
用之不竭
是造物者之無尽蔵也
而吾与子之所共適
客喜而笑洗盞更酌
肴核既尽杯盤狼藉
相与枕藉乎舟中
不知東方之既白
（部分）

赤壁《せきへき》の賦《ふ》　蘇東坡

且《か》つ夫《そ》れ天地《てんち》の間《かん》
物《もの》には各々《おのおの》主《しゅ》有《あ》り
苟《いやし》くも吾《われ》の所《ところ》　有《ゆう》するに非《あら》ずんば
一毫《いちごう》と雖《いえど》も　取《と》ること莫《な》し
惟《た》だ江上《こうじょう》の清風《せいふう》と
山間《さんかん》の明月《めいげつ》とのみは
耳之《みみこれ》を得《え》て声《こえ》を為《な》し
目之《めこれ》に遇《あ》いて色《いろ》を成《な》す
之《これ》を取《と》れども禁《きん》ずる無《な》く
之《これ》を用《もち》いるも竭《つ》きず
是《こ》れ造物者《ぞうぶつしゃ》の無尽蔵《むじんぞう》なり
而《しか》して吾《われ》と子《し》との共《とも》に適《てき》する所《ところ》なりと
客《きゃく》喜《よろこ》んで笑《わら》い　盞《さかずき》を洗《あら》いて更《さら》に酌《く》む
肴核《こうかく》　既《すで》に尽《つ》きて杯盤狼藉《はいばんろうぜき》たり
相《あ》いともに舟中《しゅうちゅう》に枕藉《ちんしゃ》して
東方《とうほう》の既《すで》に白《しら》むを知《し》らず

酒の肴《さかな》はもうなくなって、杯や皿が散乱している。
そしてわたしと客人はともに船のなかで互いに寄りかかって寝てしまい、
東の空がもう白《しら》んできているのもわからなかった。

「所有」とはなにか、と蘇東坡は問うのです。
権力、財産、地位、名誉……さまざまな「所有欲」が人の心にはあります。一度手に入れたものを、簡単に手放すことはなかなかできません。
孔子は、『論語』（述而篇《じゅつじへん》）のなかで、次のようにいっています。

疏食《そし》を飯《くら》い、水《みず》を飲《の》み、肱《ひじ》を曲《まげ》てこれを枕《まくら》とす。楽《たの》しみまた其《そ》の中《うち》にあり。不義《ふぎ》にして富《と》み、且《か》つ貴《とうと》きは、我《われ》においては浮雲《ふうん》の如《ごと》し。

訳してみましょう。
貧しい食事に、水を飲み、枕の代わりに肱を曲げ、これに頭を置いて眠る。そんな生活にも楽しみというものはある。財産、高い地位、名誉など、正しい方法でそれを得たのでないとすれば、わたしにとって、そうしたものは、浮き雲のようにあてにはできないものでしかない。

「死」を覚悟した蘇東坡には「所有」に対する欲はもうなくなっていたのかもしれません。しかし、だからこそ、「所有」を問う力を、持つことができたのです。

文人の願い

蘇東坡は二十六歳のとき、「石鼓《せっこ》」という長い詩を書いています。「石鼓」とは重さ一トンほどの丸い鼓《つづみ》の形になった石ですが、全部で十基あり、そのひとつひとつに、古い「篆《てん》書《しょ》」と呼ばれる字体で五百字ほどの文が彫ってあります。

唐代の初め、六二〇年ごろに、鳳翔府天興《てんきょう》県（現・陝西省宝鶏市鳳翔区）で「石鼓」は発掘されました。いまは、紀元前二二一年ごろの秦《しん》の始皇帝《しこうてい》のときに造られたものとされていますが、発見された当時はもちろん、蘇東坡が生きていた時代も、「石鼓」は紀元前八〇〇年ごろに周《しゅう》王朝の王であった宣王《せんおう》のときに造られたものだと考えられていました。

蘇東坡は二十六歳のとき、鳳翔府の副知事に任命され、「石鼓」を見ました。そして

「石鼓」という詩を書いたのです。次は、その最後の部分です［詩33］。

周王朝からいままで世の興亡は百変したのに、
この石鼓はそれとはかかわりなく静かにその生命を永らえてきた。
人生の富貴《ふうき》は一朝《いっちょう》にして消えるものにもかかわらず、
名は万世《ばんせい》にわたって朽《く》ちないものである。
物の存在の道理を考えてみると、溜《た》め息《いき》をつかずにはいられない。
人間の生命は、おまえのようにはけっして長くはありえない。

余談になりますが、この「石鼓」に彫られた文字を目にしたことのある人は、けっしてすくなくないと思います。じつは、岩波書店から出されたオレンジ色の『漱石全集』の、緑色の文字こそが、この「石鼓」です。

漱石は、この「石鼓」の文字を好み、全集を作るときにこれを用いて装幀《そうてい》させたのです。しかし、それがけっして漱石の「好み」という理由だけによるものではないことは、漱石が蘇東坡の詩を好きで、読んでいたということからすれば明らかでしょう。漱石も、自分の作品が「石鼓」のように永く残ることを望んで、この「石鼓」を自分の全集の装幀に

[詩33]

石鼓
興亡百変物自間
富貴一朝名不朽
細思物理坐嘆息
人生安得如汝寿
（部分）

石鼓《せっこ》　蘇東坡

興《こう》亡《ぼう》百変《ひゃっぺん》すれども物《もの》は自《おの》ずから間《かん》たり
富貴《ふうき》は一朝《いっちょう》なれども名《な》は朽《く》ちず
細《こま》かに物《もの》の理《り》を思《おも》いて坐《そぞ》ろに嘆息《たんそく》す
人生《じんせい》　安《いず》くにか汝《なんじ》の寿《じゅ》なるが如《ごと》きを得《え》ん

使ったのです。

漱石だけではありません。杜甫、陸游、蘇東坡、そしてすべての文人が願ったのは、自分の作品と名前が一日でも永く人々の記憶に残ることでした。

宿敵に詩を贈る

蘇東坡は四十四歳のときに、王安石の政治改革を支持する皇帝・神宗を誹謗《ひぼう》したという理由で流罪《るざい》の刑を受けましたが、蘇東坡を捕縛した張本人は王安石です。死罪まで目の前に突きつけた王安石などに、ふつうなら会おうという気持ちにはならないでしょう。しかし、蘇東坡は、四十九歳のとき、わざわざ王安石に会いに行くのです。皇帝・神宗は、西夏《せいか》との間で行われた戦争の敗北、宰相・王安石との意見のくい違いなどによって次第に健康を害してしまいます。そして王安石も息子を喪《うしな》ったことで気力が尽き、官を辞して、鍾山《しょうざん》（現・江蘇《こうそ》省南京《なんきん》市郊外）に隠棲《いんせい》していました。

蘇東坡はここを訪ねます。そして、「次荊公韻」【詩34】という詩を贈るのです。「荊公《けいこう》」は王安石のことで、「荊公さんからいただいた詩の韻に即して私もまたこの詩を作りました」という意味です。訳してみましょう。

［詩34］

次荊公韻

騎驢渺々入荒陂
想見先生未病時
勧我試求三畝宅
従公已覚十年遅

荊公《けいこう》の韻《いん》に次《じ》す　蘇東坡

驢《ろ》に騎《の》って　渺々《びょうびょう》　荒陂《こうは》に入《い》る
想《おも》い見《み》る　先生《せんせい》　未《いま》だ病《や》まざる時《とき》を
我《われ》に勧《すす》む　試《こころ》みに三畝《さんぽ》の宅《たく》を求《もと》めよと
公《こう》に従《したが》う　已《すで》に覚《おぼ》ゆ十年《じゅうねん》の遅《おそ》きを

驢馬《ろば》に乗ってはるばる旅を続けて、荒れ果てた池の端に入ったとき、私は思わず、先生が病気になる前の姿を思ったのでした。

先生は、わたしに、この近くに三畝《ぼ》ほどの小さな家を持って隠れ住んだらどうかとおっしゃる。

でも、先生からのいろいろな教えを受けるのが十年遅かったのではないかと思うのです。

皇帝・神宗が亡くなったのは、この蘇東坡と王安石の面会から半年後、一〇八五年四月一日のことでした。三十七歳の若さでした。そして王安石は、神宗の死から一年後に亡くなるのです。

「楽しむ」という言葉は唐代から

神宗の後を継いだ哲宗《てっそう》は、即位のとき、まだ九歳になったばかりでした。まだ政治の実権を執《と》ることはできません。旧法党を支持する祖母・宣仁太后《せんじんたいこう》による垂簾《すいれん》政治が行われます。

　こうして、蘇東坡は弟と共に中央政府に迎えられることになったのです。中書舎人《ちゅうしょしゃじん》、翰林学士《かんりんがくし》という皇帝の側近として仕事をしていきますが、五十一歳のとき、司馬光が亡くなります。

　すると、一朝にして、再び政治の流れが変わります。しかし、旧法党の政治の目的が王安石の新法党がやったことを極端に批判的に処理するだけで、かならずしも人々の生活のためではないように、蘇東坡には見えてしまいます。蘇東坡はこうした政治の動きのなかで、政争に巻き込まれないためにと、地方の官職を希望して動いていきました。

　旧法党による、新法党の政治攻撃よりむしろ、王安石に対する個人的な攻撃に対して、蘇東坡は反対の意見を述べています。「王安石の理想を追った思想は、現実的ではないかもしれない。しかし、それこそ本来の政治の在《あ》り方ではないか。政治とは国民を救うことにあって、党派間の争いのためにあるのではない」と。

　これが今度は、皇帝・哲宗の逆鱗《げきりん》に触れてしまい、蘇東坡は、中国のもっとも南の端の島、海南島に流刑されることになるのです。

　ただ、蘇東坡はどこにいても「楽しむ」ことを忘れませんでした。どこにいても、どんなことでも楽しむということは、孔子が『論語』でいう「理想」のひとつです。『論語』

（述而篇《じゅつじへん》）には、「楽しむ」ことについて、次のような話が収められています。

葉公《しょうこう》、孔子《こうし》を子路《しろ》に問《と》う。子路《しろ》対《こた》えず。子曰《しいわ》く、汝《なんじ》、奚《なん》ぞ曰《い》はず、其《そ》の人《ひと》と為《な》りや、発憤《はっぷん》して食《しょく》を忘《わす》れ、楽《たの》しみて以《も》って憂《うれ》いを忘《わす》れ、老《おい》の将《まさ》に至《いた》らんとするを知《し》らざる云爾《うんぬん》と。

楚《そ》の国の地方の長官である葉公が、孔子はどのような人かと子路に尋ねた。子路は答えなかった。孔子がいった。「(子路よ）おまえはどうして、いわなかったのだ。孔子という人は、なにもわからないことがあると食事さえ忘れて調べものをする。そして日々の生活を楽しんで、心に浮かぶ嫌なことを忘れている。そうして、年をとってしまったことにさえ気がつかないような人ですよ」と。

「楽しむ」という言葉は、「物事を味わい、心を豊かにする」という意味で、唐代以降、使われていくようになります。

蘇東坡の代表作のひとつで、日本人にもよく知られている詩「春夜」［詩35］を紹介しましょう。

［詩35］

春夜

春宵一刻値千金
花有清香月有陰
歌管楼台声細細
鞦韆院落夜沈沈

春夜《しゅんや》

蘇東坡

春宵《しゅんしょう》　一刻《いっこく》　値《あたい》千金《せんきん》
花《はな》に清香《せいこう》有《あ》り月《つき》に陰《いん》有《あ》り
歌管《かかん》　楼台《ろうだい》　声《こえ》細細《さいさい》
鞦韆《しゅうせん》　院落《いんらく》　夜《よる》沈沈《ちんちん》

春の夜
春の宵《よい》は一刻《いっこく》が千金《せんきん》に値するほどすばらしい。
花は芳《かぐわ》しく香り、月の光が清《きよ》らかに冴《さ》えている。
さきほどまでの歌舞菅弦もいまはひっそりと静まり、
中庭でぶらんこがゆったりと揺れ、夜が更《ふ》けわたっていく。

まさに、孔子のいう「楽しみ」を体現した詩ではないでしょうか。

時の流れと老い

それにしても、海南島に流されて、もう中央には復帰できない、仲がよかった人にも会うことはままならない、そして老いが迫ってくるという恐怖あるいは憂《うれ》いは、蘇東坡にもあったでしょう。
それでも蘇東坡は、「時間の流れ」「年をとること」に対しても、若いころから「楽しもう」としていました。

[詩36]

別歳

故人適千里
臨別尚遅遅
人行猶可復
歳行那可追
問歳安所之
遠在天一涯
已逐東流水
赴海帰無時
東隣酒初熟
西舍彘亦肥
且為一日歓
慰此窮年悲
勿嗟旧歳別
行与新歳辞
去去勿回顧
還君老与衰

別歳《べつさい》　蘇東坡

故人《こじん》　千里《せんり》に適《ゆ》く
別《わか》れに臨《のぞ》んで　尚《な》お遅遅《ちち》たり
人《ひと》　行《ゆ》くも猶《な》お復《かえ》るべし
歳《とし》　行《い》くは那《なん》ぞ追《お》うべし
歳《とし》に問《と》う　安《いずく》にか之《ゆ》く所《ところ》ぞ
遠《とお》く天《てん》の一涯《いちがい》に在《あ》り
已《すで》に東流《とうりゅう》の水《みず》を逐《お》い
海《うみ》に赴《おもむ》いて帰《かえ》る時《とき》なし
東隣《とうりん》　酒《さけ》　初《はじ》めて熟《じゅく》し
西舍《せいしゃ》　彘《ぶた》　亦《ま》た肥《こ》ゆ
且《しばら》く一日《いちじつ》の歓《かん》を為《な》し
此《こ》の窮年《きゅうねん》の悲《かな》しみを慰《なぐさ》めん
嗟《さ》する勿《なか》れ　旧歳《きゅうさい》の別《わか》れ
行《ゆ》く行《ゆ》く新歳《しんさい》と辞《じ》せん
去去《きょきょ》　回顧《かいこ》する勿《なか》れ
君《きみ》に老《ろう》と衰《すい》を還《かえ》さん

二十七歳のときに作った「別歳」【詩36】という詩があります。一〇六二年の年の暮れの宴会での作品です。

歳《とし》への別れ

友人が遠い旅に出るにあたって、本当に別れを告げるときには、
なお別れを惜しんで、互いの歩みは遅くなる。
人は、どこかへ行ってしまっても、あるいは帰ってきてまた会えるということもある。
しかし、「一年」という歳《とし》は、行ってしまったら、
どうやって追いかけることができようか。
歳よ、あなたに訊《き》きたい。あなたはどこへ行くのだろうか。
歳はこんなふうに答えるだろうか。「遠く遠く大空の彼方《かなた》です。東へ東へ流れる川の
流れに乗って、大海原《おおうなばら》に出れば、戻ってくることはないのです」。
うちの東の隣の家では、ちょうど新酒ができたころ。
西の隣の家には、豚が丸々と太っている。
とにかくおいしい酒に、おいしい肴《さかな》をそろえて、
一日、宴会でもやって押し迫った年の瀬の悲しみを慰《なぐさ》めようではないか。

古い歳との別れを嘆くまい。
新しい歳とも別れるときがくるのだよ。
歳よ、あなたはどんどん遠くなっていく。どうぞ振り返ったりしないでくれ。
君に、老いと衰えを返すから、それを持ってさっさと行ってしまってくれ。

一瞬一瞬を楽しんで生きていくことができれば、これほどの幸せはありません。ですが、人はなかなかそういうことはできません。

蘇東坡も「遷居臨皐亭（臨皐亭《りんこうてい》に遷居《せんきょ》す）」という詩に、「我《われ》の天地《てんち》の間《かん》に生《う》まれたるは、一蟻《いちぎ》の大磨《たいま》に寄《よ》するなり（この天地の間に生まれたわたしの人生は、まるで大きな挽《ひ》き臼《うす》の上に乗った一匹の蟻のようなものだ）」と記しています。

憂いを忘れる

死の二年ほど前、六十四歳のときに蘇東坡は、「縦筆」［詩37］という詩を作りました。訳してみましょう。

筆にまかせて
北からの船がもう何日もやってこない。
食料もなくなり、一粒の米も、真珠《しんじゅ》のように思えてしまう。
酒も食べ物も、この半月ほど、腹いっぱいに食べたことがないほどだ。
でも、明日は竈《かまど》の祭、東隣の家の者も竈を祭ることだろう。
鶏の肉と酒のお裾分《すそわ》けを、わたしもきっともらえるに違いない。

蘇東坡は海南島にいます。島には北側にある本土から、物資が船で運ばれてきます。ところが、海が荒れたりすれば、当然船はやってきません。この詩は、詩の言葉に「明日竈を祭る」とあることから十二月二十二日に作られたことがわかります。この祭は、古くは日本でも行われていました。

「明日を楽しみにして、今日はなんとかやりすごそう」と腹を空かせて蘇東坡は思ったのかもしれません。

じつはこの四行の詩には、『論語』あるいは孔子にかかわる三つの逸話《いつわ》が盛り込んであります。

まず「東家《とうか》」は、孔子を指す言葉です。『孟子《もうし》』に見える話ですが、孔子の家の西隣の

[詩 37]

縦筆

北船不到米如珠
酔飽簫条半月無
明日東家当祭竈
隻鶏斗酒定膰吾

縦筆《じゅうひつ》　蘇東坡

北船《ほくせん》到《いた》らず　米《こめ》　珠《たま》の如《ごと》し
酔飽《すいほう》　簫条《しょうじょう》　半月《はんつき》無《な》し
明日《みょうにち》　東家《とうか》　当《まさ》に竈《かまど》を祭《まつ》る
隻鶏《せきけい》　斗酒《としゅ》　定《さだ》めて吾《われ》に膰《はん》せん

人は、孔子が聖人であるとも知らず、孔子を本名が「丘《きゅう》」であることから「東丘《とうきゅう》」と呼んでいたというのです。蘇東坡は、相手を揶揄《やゆ》するように持ち上げて、「東家」と使うのです。それは、孔子が「祭」の専門家だったということとも関係しています。

また「竈」という言葉を見ると、『論語』を知っている人は必ず頭に思い浮かべる場面があります。

『論語』（八佾篇《はちいつへん》）に「王孫賈《おうそんか》問いて曰《いわ》く、其《そ》の奥《おく》に媚《こ》びんよりは、寧《むし》ろ竈《かまど》に媚《こ》びよ、とは何《なん》の謂《い》いぞや。子曰《しいわ》く、然《しか》らず。罪《つみ》を天《てん》に獲《う》れば、禱《いの》る所無《ところな》きなり」という記述があります。次のような意味です。

衛《えい》の大夫《たいふ》（大臣）の王孫賈が孔子に訊《たず》ねました。「その奥に媚びるより、むしろその竈に媚びよという諺《ことわざ》はどういう意味なのですか」と。これは、君主に媚びるより、大夫に媚びたほうがいいのではないかという王孫賈の孔子に対する揶揄《やゆ》です。これに対して、孔子は言います。「それは間違っている。どの神様にも媚びる必要はない。すべてが天の支配によって成り立っているものなのだ。天の道に由《よ》らないことをしたら、どんな神に祈っても、まったく無駄である」。

「だれに媚びても、もう中央政府に戻ることは、自分にはできない」ということを、蘇東坡は暗示しているのです。

さらに、もうひとつ、それと関連する暗示を示す言葉があります。詩の最後に見える「定皤吾」がそれです。これは、『史記《しき》』の「孔子世家《せいか》」に見える言葉です。

孔子は魯《ろ》の宰相を補佐する役人に任命されます。すると魯の国の治安はよくなり、国も豊かになってきました。それを見ていたのが魯の隣になる斉《せい》という国です。このまま孔子が政治を続ければ、いつかは斉をおびやかすような大国に成長するだろう。さて、それを事前に防ぎ、また名誉と十分な富を得はじめた孔子が、どのように崩れるか見てみようと、斉の国は、美女八十人と楽団を魯に贈ったのです。

それは、ちょうど郊祭《こうさい》という天地の神を祭る重要な祭のときのことでした。

美女と楽団が贈られると、斉の目論《もくろ》みにまんまとはまった魯の王様と宰相はまったく政治を行わず、宴会に明け暮れてしまいます。本来なら郊祭のあとには、天地の神に捧げた肉や酒は、臣下に配られるはずなのです。「臣下へのお裾分け」が、詩のなかに使われている「皤」という言葉なのですが、この郊祭のあと、王と宰相は臣下に「皤」をせず、美女と楽団員と自分たちでそれを食べてしまったのです。

孔子はこれを見て、魯の国を見限り、去っていくのです。

蘇東坡の詩の「隻鶏《せきけい》　斗酒《としゅ》　定《さだ》めて吾《われ》に皤《はん》せん」というのは、「きっと隣人は、魯の王や宰相のようなことをしないでくれるだろうな」と、鎌《かま》をかけたような言い方をしているのです。

「教養」といってしまえば、それだけかもしれません。しかし、自分の持っているものすべてを使って遊ぶということは、「楽《たの》しみて以《も》って憂《うれ》いを忘《わす》れる」（『論語』述而篇）ことにつながるのだろうと思います。

笑いの「豊かさ」

蘇東坡が作った楽しみのひとつに「回文《かいぶん》」があります。

日本語では、たとえば、お正月に枕の下に敷いて寝るという「宝船」の回文、「長き夜の　遠《とお》の眠《ねふ》りの　皆目覚め　波乗り船の音の良きかな」がもっとも有名なものでしょう。

また、幕末の俳諧師《はいかいし》・仙代庵《せんだいあん》（細屋勘左衛門《ほそやかんざえもん》）が千句以上にものぼる回文の和歌や俳句を作ったことが知られています。一例を挙げます。

嵯峨《さが》の名は宿りたりとや花の笠《かさ》　　仙代庵

日本語の回文は、上から読んでも下から読んでも同じ音というものです。

これに対して中国では、音ではなく、漢字を上から並べて今度は反対から並べるというものが回文です。当然、意味は変わってしまいますが、どちらからも読める漢文を作るというのは、至難の業《わざ》です。あえて、こうしたことをすることで、蘇東坡は「脳トレ」以上の悦楽を詩作に求めたのでした。

回文を用いた蘇東坡の詩をふたつ紹介しましょう［詩38］［詩39］。次の訳文を見れば、漢字を逆から並べると「意味が変わる」ことがわかるでしょう。

無題

花が落ちた中庭では、春はまだ下着では寒いが、
薄着の下着で春の中庭に立つと、ときどき花が落ちてくる。
うららかな春の日がすこしずつ弱まっていくのを恨《うら》み、
すこしずつ一日一日が遅くなっていくのを恨むのだ。

無題

夢は繞《めぐ》り、鶯《うぐいす》の舌がころころと転がるように啼《な》く。
舌を転がせば、鶯が夢を繞らす。

無題　［詩38］

落花間院春衫薄
薄衫春院間花落
遅日恨依依
依依恨日遅

無題　［詩39］

夢回鶯舌弄
弄舌鶯回夢
郵便問人羞
羞人問便郵

無《む》題《だい》　蘇東坡　［詩38］

落花《らくか》の間院《かんいん》　春《はる》　衫《さん》薄《うす》し
薄衫《はくさん》の春院《しゅんいん》　間花《かんか》　落《お》つ
遅日《ちじつ》の依依《いい》たるを恨《うら》む
依依《いい》として日《ひ》の遅《おそ》きを恨《うら》む

無《む》題《だい》　蘇東坡　［詩39］

夢《ゆめ》は回《めぐ》って鶯《うぐいす》の舌《した》は弄《ころが》り
舌《した》を弄《ころがせ》ば　鶯《うぐいす》は夢《ゆめ》を回《めぐ》らす
郵《す》ぎては便《すなわ》ち人《ひと》に問《と》うて羞《は》じ
人《ひと》に羞《は》じては便《すなわ》ち郵《す》ぐるかと問《と》う

過ぎてしまったことをすぐに人に訊《き》いて恥ずかしく思い、人を恥ずかしいと思っては、すぐにこの時も過ぎると思う。

こんなものを蘇東坡は好きなだけ作って楽しむのです。

蘇東坡は、孔子の「楽しむ」という言葉を、「愉《たの》しむ」というところまで深化させたようにも思います。

真面目さ、真剣さはもちろんあります。しかし、その真面目さ、真剣さに、笑いのようなゆとりを持つことができないか。そうすることができれば、人生はもっと豊かになる。

蘇東坡にとって、「豊かさ」は、料理でもあり、書でもあり、そしてなんといっても「詩」を作ることだったのでしょう。ひとつの料理のなかに、書のなかに、一作に、どれだけのものを凝縮させ、上品な笑いを作るかということに蘇東坡の楽しみがあったのではないかと思うのです。

第五章 河上肇《かわかみはじめ》、共産主義と挫折と

間臥作詩

ただ寝転んで詩を作る

桃源郷への道

これまで陸游《りくゆう》、漱石《そうせき》、杜甫《とほ》、蘇東坡《そとうば》と、四人の漢詩を見てきました。読み返すと、そのたびごとに違った味、深みを得られるのが「古典」だといわれますが、これら四人の漢詩は、まさにそれにあたるでしょう。

彼らの詩は、いってみれば社会の変化や政治との軋轢《あつれき》からくる哀しみや苦しみが根底にあって作られたものです。

人は、いつの時代も、どこのだれも皆、まったく不自由なく、不満もなく、苦しみもなく生きることを求めます。彼らも同じだったでしょう。ただ、彼らがまったく不自由なく、不満もなく、苦しみもなく生きていたとしたら、はたして百年、千年以上、綿々《めんめん》と読み継がれるような漢詩を作ったかどうかは、甚《はなは》だ疑問です。

ところで、日本人である漱石は別として、中国の古典的な世界に生きた陸游、杜甫、蘇東坡の三人にとって、漢詩を作るということは、役人になって生活の糧《かて》を得るための必須の教養でした。詩が作れなければ、科挙《かきょ》の試験を受ける資格もなかったのですから。

それでも、必須の教養という受け身的な作詩であれば、いつかは嫌になって止《や》めてしまうでしょう。彼らはどこかで、その受け身的なところから抜け出し、作詩を生活の一部にしてしまったのです。

中国には「桃源郷《とうげんきょう》」と呼ばれるものがあるといわれています。「理想郷」や「ユートピア」と同じような意味で使われますが、自分の想いを、漢字に託して並べていく作業は、あるいは桃源郷への道でもあったのではないかと思います。

最後の章では、日本人の漢詩人、河上肇《かわかみはじめ》（一八七九〜一九四六）を紹介しながら、漢詩と理想郷、そして社会ということについて考えてみたいと思います。

共産主義という理想

「桃源郷」は、ヨーロッパの言葉では、「ユートピア」と呼ばれます。そして「ユートピア」という言葉を冠《かん》した書物もすくなくありません。もちろん、トマス・モアの『ユートピア』（一五一六年）がその始まりですが、一九八〇年代までにE・M・シオラン『歴史とユートピア』、カール・マンハイム『イデオロギーとユートピア』、升味準之輔《ますみじゅんのすけ》『ユートピアと権力』、ヘルベルト・マルクーゼ『ユートピアの終焉《しゅうえん》』など、社会学や政治学などの古典としても、次々と出版されました。

ある意味、フランス革命以降始まる民衆による社会改革という時代の流れに呼応して書かれた、共産主義あるいは社会主義、マルクス主義的な色合いを持つものがほとんどといってもいいかもしれません。

第四章で触れた王安石《おうあんせき》は、やや同じような立場から、政治に参加した人物だともいえなくはないでしょう。虐《しいた》げられた人の思いを代弁して詩を作った杜甫を「発見」して、世に広く紹介した王安石は、「唐宋八大家《とうそうはちだいか》」のひとりとして、文章家としても著名です。

ただ、王安石が生きた北宋《ほくそう》は、皇帝権力が非常に強化され、独裁主義が徹底された時代でした。民衆のためという王安石の改革も、基本的には皇帝権力を支える立場で行われたものであり、したがって「共産主義」「社会主義」のような発想ではありません。そして、皇帝権力を中心に王朝を維持するという考え方は、一九一一年の辛亥《しんがい》革命による清《しん》朝《ちょう》崩壊まで維持されました。

辛亥革命以降、中国では、陳独秀《ちんどくしゅう》、胡適《こせき》、銭玄同《せんげんどう》などが現れ、次第に理想郷としての共産主義社会の実現を目指す動きが起こってきます。一九二一年、毛沢東《もうたくとう》（一八九三〜一九七六）らによる「中国共産党」創立は、まさにその結果であり、その「共産主義」の思想は、現在もなお「理想」として生きています。

日本でも「共産主義」という理想は、明治時代後期から熱く語られてきました。その共産主義という考えを、経済学者として初めてフランスから日本に移植したのが、河上肇という人です。

獄中で漢詩を学ぶ

明治四十一（一九〇八）年から昭和三（一九二八）年まで、河上肇は京都大学で教鞭《きょうべん》を執《と》りますが、昭和七（一九三二）年に日本共産党に入党します。そして翌年治安維持法で検挙、昭和十二（一九三七）年に刑期満了で出獄しました。

獄中、共産活動における敗北と転向を発表し、また白楽天《はくらくてん》、陸游などの漢詩を徹底的に読み込んでいきます。そして、出獄後、自ら漢詩を作るようになるのです。そのときの想いを書いたのが、次に紹介する「六十初学詩」【詩40】です。

六十にして初めて詩を学ぶ
たまたま、わたしはこの荒れ狂う大波が岩にぶつかり、
吠《ほ》えるような音を立てている時に生きて、
苦しみや険しい道を歩まなければならなかった。

しかし、いまようやく金丹《きんたん》の術（仙人になるための薬を作る術）を手に入れることができたのだ。

六十歳となると世間の人たちは衰弱したというけれど、わたしはこの年になって初めて詩を学ぼうと思っている。


詩に見える「狂瀾《きょうらん》　咆勃《ほうぼつ》の時」というのは、河上自身の言葉によれば、共産主義者としての活動、そして投獄というこれまでの人生を表すのだそうです。

経済学者・河上肇が有名になったのは、大正二（一九一三）年から二年間のヨーロッパ留学から帰国して発表した『貧乏物語《びんぼうものがたり》』という評論です。はじめ新聞に連載され、まもなく纏《まと》めて出版されると空前のベストセラーとなりました。

「驚くべきは現時の文明国に於《お》ける多数人の貧乏である」（『河上肇全集9』岩波書店）という言葉で本書ははじまりますが、第一次世界大戦に便乗して中国の独領、チンタオを占領し、大正デモクラシーがはじまる時期にあって、日本には富裕層と貧困層が極端に分かれて存在する「格差」現象が起こっていたのです。

というよりも、すでにそうした現象は江戸時代からあったのですが、「大衆」あるいは「中産階級」が台頭することによって、「富裕」と「貧困」が問題にされなければならない

[詩40]

六十初学詩

偶会狂瀾咆勃時
艱難険阻備嘗之
如今覓得金丹術
六十衰翁初学詩

六十《ろくじゅう》にして初《はじ》めて詩《し》を学《まな》ぶ　河上《かわかみ》肇《はじめ》

偶々《たまたま》　狂瀾《きょうらん》　咆勃《ほうぼつ》の時《とき》に会《あ》い
艱難険阻《かんなんけんそ》備《つぶさ》にこれを嘗《な》む
如今《いま》覓《もと》め得《え》たり　金丹《きんたん》の術《じゅつ》
六十《ろくじゅう》の衰翁《すいおう》　初《はじ》めて詩《し》を学《まな》ぶ

時期に入っていました。それを河上肇は、初めて日本において、「経済学」という学問的な視点で指摘しようとしたのです。

河上肇は次のようにいいます。

「今の世の中は、金さえ有《あ》れば固《もと》より便利至極《しごく》である。併《しか》し金が無《な》ければ不便また此上《このうえ》なしである。それが今の世の仕組《しくみ》である。それ故《ゆえ》、一方には其《その》肉体の健康を維持するに必要なだけの衣食をさえ得て居《お》らぬ者が沢山《たくさん》居《い》るのに、そんな事には更《さら》に頓着《とんじゃく》なく、他方には金持《かねもち》の人々の需要する奢侈贅沢品《しゃしぜいたくひん》が堆《うずたか》く生産されつつある。之《これ》をば単に金持の利己心の立場からのみ見たならば、誠に勝手の好《よ》い巧妙な仕組だと謂《い》えるで有《あ》ろうが、若《も》し社会全体の利益を標準として考うるならば、果《はた》して之を此《この》ままに放任して置いて可《よ》いもの乎《か》という疑問が起《おこ》るのである」（前掲書）

「貧乏をなくすには金持ちが奢侈をやめることで、富裕層と貧乏人の格差をなくすこと」ができると、河上肇は『貧乏物語』で記しますが、それは理想であって、結局、そうしたことを主張しても、現実として格差のない社会は生まれてきません。

河上肇は、評論だけでなく共産党に入党して社会改革の第一線に立ちますが、それでも投獄されることにいたり、完全なる共産主義というものもまた理想であって、現実にはそれを作り出すことができないということに気づいてしまうのです。

ユートピアはどこにある

「理想郷」とも訳される「ユートピア」とは、そもそもどういうところ、あるいはどういう状態をいうのでしょうか。

古代ギリシャ語では「ウートポス（ou-topos）」の「どこにもない―場所」と「ユートポス（eu-topos）」の「よい―場所」というのが掛《か》け詞《ことば》になって、「よくて、実在しない場所」というものとして使われているといわれます。

おもしろいことに、古代中国では『荘子《そうし》』に「理想郷」あるいは「ユートピア」が「無何有郷」と記されています。これは「ムカユウキョウ」と音読することになっていますが、訓読すれば、「いずくにもあることなき郷《さと》」となり、「どこにもないところ」という意味になります。

それはこの言葉が出てくる話を読んでみれば明らかです。『荘子』（応帝王篇《おうていおうへん》）には次のように書かれています。

天根《てんこん》という男が、殷陽《いんよう》に行く途中、蓼水《りょうすい》の畔《ほとり》で、たまたま無名人という男に会って訊《たず》ねた。

「天下の治め方をくわしく教えてください」

無名人は言う。

「そんなこと言うなら、どっか行ってしまってくれ。おまえはくだらない人間だ。なんと嫌なことを訊《き》くものか。わたしはいま、世のすべてを造り、支配する人と友人になっている。ここにいるのが嫌になれば、すぐに茫漠《ぼうばく》として極まりのない鳥に乗って、世界の外に出て、無何有《むかう》の郷《さと》に行き、広々とした野に住むつもりだ。おまえはなぜ、天下を治めるなどという戯言《たわごと》を言って、私を嫌な気持ちにさせたりするのか」

天根は、再び同じ質問をした。すると無名人は言った。

「心を淡清《たんせい》の地に遊ばせ、気を漠静《ばくせい》の境に合わすようにし、物の自然の姿に従い、私心を差《さ》し挟《はさ》まないようにすれば、天下は治まるだろう」

「無名人」は、「名、無きの人」と訓読できますが、名のない人はありません。名がないということは「存在しないもの」です。存在しないものが、何もないところ（無何有の郷）

に行こうというのです。

第二章で、夏目漱石の漢詩を取り上げましたが、漱石の漢詩、あるいは漱石の「則天去私《そくてんきょし》」という考えは、このような状態、このような場所を探究することではなかったのかと思われるのです。

社会を変革するか、社会から逃げるか

格差社会をいちはやく指摘し、共産主義を日本に持ち込んだ河上肇とは、どんな人物だったのでしょうか。

山口県玖珂《くが》郡岩国町《いわくにちょう》（現・岩国市）の旧藩士の家に生まれた河上肇は、中国の古典にも子どものころから親しんでいました。

もちろん『荘子』の「無何有郷」の話も知っています。

『貧乏物語』を書いていたころ、弟子の櫛田民蔵《くしだたみぞう》に「すべての学者は文学者なり。大なる学理は詩の如《ごと》し」と語ったといいますが、河上肇は読者の心をうまくとらえる名文家としてもよく知られていました。

また、つねづね「学を志す者は『詩と真実』を追究すべきである。学者のいうことが

人々に説得力を持たないのは、『詩の言葉』がないからだ」とも語っていました。

しかし、これもまた「理想」です。

すべての学問が「詩の言葉」で書かれることを求めるというのは、いってみれば古代ギリシャや中国古典の世界に逆行することになってしまうでしょう。こういう言い方が許されるなら、河上肇という人は、理想に向かって邁進《まいしん》した人であったのかもしれません。

共産主義社会を「無何有郷」と重ね合わせたかどうかはわかりませんが、河上肇は、昭和十二（一九三七）年の出獄後から亡くなる昭和二十一（一九四六）年までの十年間、『自叙伝』や、『陸放翁鑑賞《りくほうおうかんしょう》』（放翁は、本書第一章で取り上げた陸游《りくゆう》の号）のまとめや、自ら作る漢詩の世界を彷徨《ほうこう》し、専門の経済とは異なる中国の古典の世界に入っていくのです。

ところで、『貧乏物語』で河上肇は、「心」あるいは、「心がけ」によって、社会は変わるということを力説します。すこし長くなりますが、河上肇という人を知る大きな鍵《かぎ》になる部分でもありますので、ここに紹介します。読んでみてください。


社会組織の改造よりも人心の改造が一層根本的の仕事であるとは、私の既《すで》に幾度か述べた所である。思うに吾々《われわれ》の今問題にして居《い》る貧乏の根絶と云《い》うが如《ごと》きことも、若《も》し社会の凡《すべ》ての人々が其心掛《そのこころが》けを一変し得《う》るならば、社会組織は全然今日のままにして置いても、問題は直《す》ぐにも解決されて仕舞《しま》うのである。

其心掛《そのこころがけ》とは、口で言えば極めて簡単なことで、即《すなわ》ち先《ま》ず之《これ》を消費者に就《つ》いて言えば、各個人が無用の贅沢《ぜいたく》を已《や》めると云《い》う事只其《ただそ》れだけの事である。私が先《さ》きに、富者の奢侈《しゃし》廃止を以《もっ》て貧乏根治の第一策としたのは、之が為《ため》である。

思うに此《こ》の贅沢ということに就《つ》いては、今日一般に非常な誤解が行われて居るようである。例えば巨万の富を擁《よう》する富豪翁が、自分の娘の為に千金を投じて帯を買うと云うが如きは、無論《むろん》当然のことと考えられて居るのであって、其事《そのこと》の為に自分等は飢《うえ》て居る貧乏人の小供《こども》の口から其《その》食物を奪って居るなど云うことは、彼等《ら》の全《まった》く夢想だもせぬ所であろう。恐《おそ》らく彼等も普通人と等しく、又《また》普通人以上に人情に敦《あつ》い善人で有《あ》ろう。そうして自分の娘の衣裳《いしょう》の為に千金を費《ついや》すと云うが如きは、自分の身分に応じ無論当然のことで、自分等がそういう事に金を使えばこそ始めて世間の商人や職人に仕事もあり儲《もう》けもあって、彼等は其《そ》のお蔭《かげ》で漸《ようや》く其《その》生計を支《ささ》えつつある、という位《くらい》に考えて居るのが普通で有ろう。乍併《しかしながら》これは全く誤解であるのである。そうして此《この》誤解の為に何《ど》れだけ世間の貧乏人が迷惑して居るか分《わか》らぬのである。

何故《なぜ》と云うに、今日一方には色々な贅沢品が盛《さかん》に作り出されて居るに、他方には生活必需品の生産高が甚《はなはだ》しく不足して居て、それが為に多数の人間は肉体の健康を維持して行くだけの物さえ手に入れ難いと云うことに為《な》って居るのは、既《すで》に中篇《ちゅうへん》にて述べたる如く、畢竟《ひっきょう》余裕のある人々が色々な奢侈贅沢品《しゃしぜいたくひん》を需要して居るからである。もし差し当たって事の表面を見るならば、商人が色々な奢侈贅沢品を作り出して之《これ》を販売すればこそ買う人もあると云うように考えられるけれども、其《それ》は本末転倒の見方なので、実は、そういう奢侈贅沢品を拵《こしら》えて売り出す人があるから買う人があるのではなく、そういう物を拵えて売り出すと買う人があるから、それで商売人の方ではそう云う品物を引続き拵えて売り出すのである。勿論《もちろん》売ると買うと此の両者の間には互《たがい》に因果関係があるのであるから、生産者の責任のことも何《いず》れ後に説く積《つも》りであるが、併《しか》し何れが根本的かと云えば、生産が元ではなくて寧《むし》ろ需要が元である。若《も》し誰も買手が無かったならば、商人は売れもせぬ物を引続き拵えて徒《いたず》らに損をするものでは無い。いくらでも売れるから、次第に勢いに乗じて、さまざまの奢侈贅沢品を作り出すのである。そこで田舎《いなか》に居て米を作るべき人も、都会に出て錦《にしき》を織るの人と為《な》る。農事の改良に費さるべき資金も、地方を見棄《みす》てて都会に出《い》で、待合《まちあい》の建築費などになる。かくて労力も資本も、其《その》大半は奢侈贅沢品の製造の為《ため》に奪い取られて、生活必需品の生産は不足することに為《な》るのである。（前掲書）

堂々《どうどう》巡《めぐ》りの、どこで解決させるのかがわからない問題ですが、なんとなく、こうした思考の方法は、「縛鶏行《ばくけいこう》」【詩28】で杜甫が提起した問題にも似ているように思えるのです。虫を食べる鶏《にわとり》、鶏を食べる人……虫を助けるのがよいのか、鶏を助けるのがよいのか、あるいは人が鶏を食べなければ問題は解決するのか……それとも、こんな問題をもっと違った視点でとらえることはできないのか。

まともに正面から社会を改革して理想郷を創り上げるのか、それができなければ社会から逃げてしまうか。

ちなみに『荘子』の考え方は、明らかに後者です。荘子は、儒家の常識的な考えを根底から覆《くつがえ》し、もっと大きな視点を持つことが必要だということを説いた思想家として知られています。

たとえば、儒家は、人を木にたとえて、まっすぐな杉の木に成長しなさいといいます。そうすれば、材木となって人の役に立てる。こういうことをいう儒家の代表は、孔子です。天は、我々一人ひとりに「天命」を与え、それぞれがなすべき仕事を果たせという。それに気がつけば、命を一生懸命に、そこに費やすことができる。

これに対して、荘子はいいます。わたしは、まっすぐな杉の木になるより、グネグネと曲がった木になりたい。そうすれば、途中で切られて命を奪われるようなこともない。好きなことをやって「命」を全《まっと》うすることが「天命」だろう。

しかし、河上肇は、荘子的に自己の生命を維持しようとは思いません。むしろ、反対に儒家的な立場で、正面から社会改革に臨んでいくのです。江戸時代に藩士だった家に生まれた彼は、心に染《し》み込んだ儒家的な意識から脱することができなかったのではないでしょうか。

儒家が目指した理想郷

ここで、儒家が目指した理想郷について、すこし触れてみたいと思います。

儒家は、天下を治めるためには八つのステップを踏んで物事を行い続ける必要があると説きました。これは、江戸時代、寺子屋や藩校で、必ずはじめにならう『大学』という書物に書かれている「『大学』の八条目《はちじょうもく》」と呼ばれるものです。その八条目は次のとおりです。

「格物《かくぶつ》」(あらゆる物や人の存在を知ること)
「致知《ちち》」(人や物を使うための知恵を得ること)

「誠意《せいい》」〈人や物を使うのに誠の意志を使うこと〉
「正心《せいしん》」〈正しい心で誠の意志を使うこと〉
「修身《しゅうしん》」〈正しい心で我が身を常にきちんと修めておくこと〉
「斉家《せいか》」〈我が身だけでなく、家族全員が正しい生活をして整うようにすること〉
「治国《ちこく》」〈自分の家だけではなくすべての国〈古代中国の「国」は、現在の日本でいえば、県や地方という地域を意味する〉の家が皆、正しく治まっているようにすること〉
そのようであれば「平天下《へいてんか》」〈天下は平和に治まる〉

「天下を治める」ということは、為政者《いせいしゃ》側からの言い方です。では、天下が治まれば、すべての人々は満足になんの不平もなく生きていくことができるのでしょうか。もし、すべての人々が満足に、不平もなく生きていくことができたとしたら、それは「理想郷」でしょうが、はたしてそういう世界が実現できるのでしょうか。

じつは、この「『大学』の八条目」もやはり「理想」であって、これを皆が実現することはけっしてありえないのです。

「碩鼠」と孔子と河上肇

紀元前五〇〇年ごろまでに編纂《へんさん》され、孔子も弟子に読むことを勧めた『詩《し》』に「碩鼠」【詩41】という詩があります。

大ねずみ
大ねずみよ、大ねずみよ、わたしの黍《きび》を食わないでおくれ。
三年あんたに仕《つか》えてきたけれど、あんたはわたしを気にかけることがなかった。
あんたのところから去って、あの楽土《らくど》に行きましょう。
楽土に行けば、安んずることができるでしょう。

大ねずみよ、大ねずみよ、わたしの麦を食わないでおくれ。
三年あんたに仕えてきたけれど、あんたはわたしになにもしてくれなかった。
あんたのところから去って、あの楽国《らくこく》に行きましょう。
楽国に行けば、志を伸ばすことができるでしょう。

大ねずみよ、大ねずみよ、私の苗《なえ》を食わないでおくれ。
三年あんたに仕えてきたけれど、あんたはわたしをいたわってもくれなかった。
あんたのところから去って、あの楽郊《らくこう》に行きましょう。
楽郊に行けば、こんなに叫びまわることもないでしょう。

「楽土」「楽国」「楽郊」をユートピアのような理想郷と考えていいかどうか、具体的にどのようなところかはまったくわかりませんが、この詩を読むかぎりでは、これは民衆が、苛酷《かこく》に税を取り立てる王、あるいは役人を「大ねずみ」にたとえ、そこから逃げてしまいたいと苦しみを歌った詩だろうと想像ができます。

この詩について、前漢《ぜんかん》の韓嬰《かんえい》（紀元前二〇〇ごろ～紀元前一三〇ごろ）は、いつどのような状況下で、だれによって作られたのかについて、ふたつの話があると記しています。

ひとつめの話です。

楚《そ》の国の隠者《いんじゃ》である接輿《せつよ》は、畑を耕して暮らしていた。楚の王様は大金を与えて自分の臣下《しんか》にしようとした。接輿の妻が言った。「王の命令に従わなければ、忠《ちゅう》ではありませ

碩鼠

碩鼠碩鼠
無食我黍
三歳貫女
莫我肯顧
逝将去女
適彼楽土
楽土楽土
爰得我所

碩鼠碩鼠
無食我麦
三歳貫女
莫我肯徳
逝将去女
適彼楽国
楽国楽国
爰得我直

碩鼠《せきそ》　作者不詳

碩鼠《せきそ》　碩鼠《せきそ》
我《わ》が黍《きび》を食《く》う無《な》かれ
三歳《さんさい》女《なんじ》に貫《つか》えたれど
我《われ》を肯《あ》えて顧《かえり》みること莫《な》し
逝《ゆ》いて将《まさ》に女《なんじ》を去《さ》り
彼《か》の楽土《らくど》に適《ゆ》かん
楽土《らくど》　楽土《らくど》
爰《ここ》に我《わ》が所《ところ》を得《え》ん

碩鼠《せきそ》　碩鼠《せきそ》
我《わ》が麦《むぎ》を食《く》う無《な》かれ
三歳《さんさい》女《なんじ》に貫《つか》えたれど
我《われ》を肯《あ》えて徳《とく》あること莫《な》し
逝《ゆ》いて将《まさ》に女《なんじ》を去《さ》り

碩鼠碩鼠
無食我苗
三歳貫女
莫我肯労
逝将去女
適彼楽郊
楽郊楽郊
誰之永号

彼《か》の楽国《らくこく》に適《ゆ》かん
楽国《らくこく》　楽国《らくこく》
爰《ここ》に我《わ》が直《ちょく》を得《え》ん

碩鼠《せきそ》　碩鼠《せきそ》
我《わ》が苗《なえ》を食《く》う無《な》かれ
三歳《さんさい》女《なんじ》に貫《つか》えたれど
我《われ》を肯《あ》えて労《いたわ》ること莫《な》し
逝《ゆ》いて将《まさ》に女《なんじ》を去《さ》り
彼《か》の楽郊《らくこう》に適《ゆ》かん
楽郊《らくこう》　楽郊《らくこう》
誰《たれ》か之《これ》永《なが》く号《さけ》ばんや

ん。しかし王の命令に従えば、義理を果たす人ではなくなってしまいます。ここを立ち去りましょう」と。そこで接輿は名を変えて、行方《ゆくえ》をくらましました。このとき歌ったのが「碩鼠」という詩である。

次にふたつめの話です。

夏《か》王朝最後の王である桀王《けつおう》は、暴君であった。池を酒で満たし、肉を林のように並べて群臣《ぐんしん》ともども享楽《きょうらく》に耽《ふけ》った。家臣の伊尹《いいん》は、このままでは国が滅びてしまうと諫《いさ》めるのだが、桀王は耳を貸そうとしない。そして、言った。

「わたしは天下の王である。天に太陽があるのと同じだ。太陽が滅びないように、この国もこのわたしも滅びない」

この言葉を聞くと、伊尹は、湯《とう》のところに逃げた。そして、湯は伊尹を宰相とし、桀王を滅ぼし、殷《いん》王朝を建てる。「碩鼠」は伊尹が桀王のもとを去るときに歌ったものである。

いずれも「碩鼠」の詩を解釈するために、後世になって作られた話です。ひとつめの解釈に登場する接輿という人物は、狂人として『論語』（微子篇《びしへん》）に登場します。

楚《そ》の狂《きょう》、接輿《せつよ》歌《うた》いて孔子《こうし》を過《す》ぐ。曰《いわ》く、鳳《ほう》や鳳《ほう》や、何《なん》ぞ徳《とく》の衰《おとろ》えたる。往《ゆ》く者《もの》は諫《いさ》む可《べ》からず、来《く》る者《もの》は猶《な》お追《お》う可《べ》し。已《や》みなん、已《や》みなん。今《いま》の政《まつりごと》に従《したが》う者《もの》は殆《あや》うしと。孔子《こうし》下りて、これと言《い》わんと欲《ほっ》す。趨《はし》りてこれを辟《さ》く。これと言《い》うこと得《え》ざりき。

楚の狂人、接輿が歌いながら、孔子が泊まっている旅館の前を過ぎた（その歌は孔子のことを鳳凰《ほうおう》に見立てて揶揄《やゆ》したものであった）。

「鳳凰や、鳳凰や、おまえは霊鳥《れいちょう》で、聖君《せいくん》がでるときに現れて舞うという。なのになぜ、こんな乱世に現れたのだ。徳も衰えたものだ。過ぎ去ったことは今更《いまさら》諫《いさ》めても仕方がないが、将来のことはまだ間に合う。止《や》めなさい、止めなさい、今日の政治にかかわってなにかしようとすれば、危険な目に遭《あ》ってしまうよ」

孔子は、これを聞き、門に出て接輿に自分がどうすればいいのか訊《たず》ねようとしたが、接輿は走り去って孔子に会おうとはしなかった（だから、孔子は接輿と話をすることができなかった）。

『論語』（泰伯篇《たいはくへん》）には、「天下《てんか》に道《みち》あれば則《すなわ》ち見《あらわ》れ、道《みち》なければ、則《すなわ》ち隠《かく》る」という孔子の言葉が記されています。接輿は、天下に道がないから、狂人の真似《まね》をして隠れたのでしょう。しかし、隠れれば、それでユートピアに行けるかといえば、必ずしもそうではないでしょう。

それでは、ふたつめの解釈に登場した伊尹はどうでしょうか。伊尹は暴君・桀王のもとから去り、湯を助けます。湯は、桀王を滅ぼして新しい殷王朝を作ります。伊尹はそこの宰相になるのです。

殷は建国された当初、非常にすばらしい社会だったと『史記』には伝説として記されます。しかし、殷も時が経《た》つにしたがって、社会のさまざまな部分に歪《ひず》みが見えはじめ、最後には桀王にそっくりの紂王《ちゅうおう》が現れます。

酒池肉林《しゅちにくりん》の贅《ぜい》を尽くし、享楽《きょうらく》に耽《ふけ》った紂王は、周《しゅう》の武王《ぶおう》に滅ぼされてしまいます。

そして、武王は新しく周王朝を作るのです。紀元前一〇五〇年ごろのことです。

しかし、新王朝を作ってまもなく、武王は亡くなります。そして武王の弟の周公旦《しゅうこうたん》が「封建」という制度を作り、この新しい制度によって社会はとてもよくまとまりました。封建とは血縁関係を基本として土地を割譲し、その地を治めさせるというものです。

ところが、それから五百年を過ぎたころには、もう周王朝は社会の変化に耐えきれず、崩壊の兆《きざ》しを見せていたのです。孔子が生まれたのはそうした時期でした。

「仁《じん》」という言葉を使って社会をもう一度まとめようと孔子はいいます。しかし、この孔子の言葉も理想であり、まったく現実的なものではありません。

「仁」は、いまでは「人のやさしさ」などと訳されますが、もともとは「ふたりの人」という意味でした。そしてその「ふたり」とは、父と子（あるいは母と子）という切っても切れない血縁関係で結ばれたものを意味します。孔子は、血縁関係で結ばれた子が親を思い、親が子を思うような篤《あつ》い思いを他人にも持つことができれば、相手を傷つけることはない、そしてそれが社会全体に広がれば、世界は平和になると説いたのです。

その生い立ちから染み込んだ河上肇の儒家的な思想には、こうした孔子の教えが時を経てもなお、色あせることなく受け継がれていたのでしょう。

それは、「心」の改造によって格差をなくし、貧困を撲滅しようといった河上肇の主張とも非常に似通《にかよ》ったものだったと考えられます。

しかし、根本的な「心」の問題が、河上を苦しめてしまいます。

友人に疎まれ、動けず、気力もなし

河上肇は陸游の詩が好きで、獄中で『陸《りく》放《ほう》翁《おう》鑑賞』という書物を書くほどまでに陸游の詩を読み込んでいました。その陸游の詩のなかでとくに「三峡歌」が大好きだったそうです。

三峡歌
険詐沾沾不媿天
交情回首薄如煙

三峡《さんきょう》の歌《うた》
険詐《けんさ》沾沾《ちょうちょう》　天《てん》に媿《は》じず
交情《こうじょう》首《こうべ》を回《めぐ》らせば薄《うす》きこと煙《けむり》の如《ごと》し

世の中は、険詐《けんさ》（嘘偽《うそいつわ》りばかり）で沾沾《ちょうちょう》（軽薄）だ。それでもだれも天に恥じたりさえしない。
人と友情を交わしても、いったん振り向くと、その友情は煙のようにはかないものだ。

これは陸游が七十歳のときに詠んだものですが、ここにある「交情回首薄如煙」をそのまま題にして、河上肇は詩【詩42】を作っています。

思えば友情というものは煙のようにはかない
うわべだけの過去の名声はなくなり、わたしはただ老いぼれの身となってしまった。

[詩 42]

交情回首薄如煙
虚名泯去老残身
始見人情真不真
作夜灯下交膝客
今朝忽作路傍人

交情《こうじょう》首《こうべ》を回《めぐ》らせば薄《うす》きこと煙《けむり》の如《ごと》し　河上肇

虚名《きょめい》泯《ほろ》び去《さ》る　老残《ろうざん》の身《み》
始《はじ》めて人情《にんじょう》の真《しん》と不真《ふしん》を見《み》る
作夜《さくや》　灯下《とうか》　膝《ひざ》を交《まじ》うるの客《きゃく》
今朝《けさ》　忽《たちま》ち路傍《ろぼう》の人《ひと》と作《な》る

そうして初めて、人情のうちでも真実であるものとそうでないものを知ることになった。

昨夜まで膝《ひざ》を交えて仲良くしていた人たちも、

夜が明けるとたちまち、わたしとはまったく関係ないように振る舞うのである。

共産主義者は戦時中「赤《アカ》」と呼ばれ、特別高等警察から監視を受けていました。河上肇は六十一歳、出獄からすでに四年が経過していました。東京から以前住んでいた京都に戻っていましたが、京都帝国大学で同僚だった人たちも、河上が「赤」だという理由で他人のようにしか接してくれなかったのです。

社会は、人が構成するものである。人が変わらなければ社会は変わらない。人が変わるためには、それぞれの人の心が変わらなければならない。心を変えていくには、と思うが、結局人を変えることはできない……。

六十三歳の河上肇は「間臥」【詩43】という漢詩を書きます。昭和十八（一九四三）年九月二十四日のことです。

「間臥」は、九月十七日に、和語で書いた次の詩を漢詩にしたものです。

[詩 43]

間臥

欲耕無土
有土力疲
不作米藷
不弁農時
万骨枯処
一事無為
惟抱微倦
間臥作詩

間臥《かんが》　河上肇

耕《たがや》さんとするも土《つち》なく
土《つち》あるも力疲《ちからつか》る
米藷《べいしょ》を作《つく》らず
農時《のうじ》を弁《べん》ぜず
万骨枯《ばんこつか》るる処《とき》
一事《いちじ》も為《な》すなく
惟《た》だ　微倦《びけん》を抱《いだ》き
間臥《かんが》　詩《し》を作《つく》る

寝転《ねころ》んで
掘る土もないが
土を掘る力もなく
この非常時に
米も作らず
藷《いも》も作らず
ひとり微熱を抱き
ただ寝転んで詩を作る

和語の詩に「微熱」とあるように、このころ、河上肇は肺炎のような状態で、動くのも億劫《おっくう》だったようです。戦時下、食糧の配給も乏《とぼ》しくなり、畑を作って芋《いも》でも植えればいいのでしょうが、そういう力も気力もないというのです。

文字どおりそうだったのかもしれませんが、これはたとえでもあります。特別高等警察からの監視もあり、友達と思っていた人たちからも疎《うと》まれ、動こうとしても動けない、動くための力も湧《わ》かないという状態だったのです。

「桃花源詩」に見るユートピア

ギリシャにはじまるヨーロッパの「ユートピア」という理想郷は、中国の古典では「桃源郷」という言葉で表されてきました。それを描いたものとしてもっとも有名なものは、陶淵明の「桃花源詩」【詩44】です。

桃花源《とうかげん》の詩

嬴氏《えいし》（秦《しん》の始皇帝《しこうてい》）が天の秩序を乱したために、賢者たちは皆世の中を避けて逃れた。
隠者の夏黄公《かこうこう》と綺里季《きりき》は商山《しょうざん》に隠れ、この人たちもここに逃げてきた。
その場所は世間から埋没してしまい、道も荒れて消え去ってしまった。

彼らは互いに励まし合って農耕に従事し、日が暮れると思い思いに休んだ。
桑竹《そうちく》は茂って影を垂らし、豆や稷《きび》は時節に合わせて植えた。
春には蚕《かいこ》から長い糸をとり、秋の実りには税を取られることもない。

道が荒れてはいても交わり通じ、そこを鶏や犬がのんびりと歩む。
まな板や高坏《たかつき》を用いた祭礼にはむかしのしきたりを守り、衣装も目新しさを求めない。
子どもたちは自由気ままに歌い遊び、老人たちも楽しそうに遊び暮らしている。

草が生えると季節が暖かくなったと知り、木が落葉すると風が寒くなったと知る。
暦《こよみ》があらずとも、四季はおのずから巡《めぐ》る。
楽しいことが山ほどあるのだから、いまさらなんの知恵を労することがあろうか。

この秘境が俗世間から隠れて五百年、ある日突然人の前に姿を現した。
しかしいまさら俗世間とは通じ合わないのだから、
すぐにまたもとのように隠れてしまった。

あなたがた俗世間の人にお尋《たず》ねするが、
どのようにしたら仙界を訪ねることができるだろうか。
わたしは、風に乗って空高く舞い上がり、そこへぜひ行ってみたいと思うのだ。

[詩 44]

桃花源詩

嬴氏乱天紀
賢者避其世
黄綺之商山
伊人亦云逝
往跡浸復湮
来径遂蕪廃

相命肆農耕
日入従所憩
桑竹垂余蔭
菽稷随時芸
春蚕収長糸
秋熟靡王税

荒路曖交通
鶏犬互鳴吠
俎豆猶古法

桃花源詩《とうかげんし》　陶淵明《とうえんめい》

嬴氏《えいし》天紀《てんき》を乱《みだ》し
賢者《けんじゃ》其《そ》の世《よ》を避《さ》く
黄綺《こうき》商山《しょうざん》に之《ゆ》き
伊《こ》の人《ひと》も亦《また》云《ここ》に逝《ゆ》く
往跡《おうせき》浸《ようや》く復《ま》た湮《うずも》れ
来径《らいけい》　遂《つい》に蕪《あ》れ廃《すた》る

相命《あいめい》じて農耕《のうこう》に肆《つと》め
日《ひ》入《い》らば憩《いこ》う所《ところ》に従《したが》う
桑竹《そうちく》は余《よ》の蔭《かげ》を垂《た》らし
菽稷《しゅくしょく》は随時《ずいじ》に芸《う》う
春蚕《しゅんてん》長糸《ちょうし》を収《おさ》め
秋熟《しゅうじゅく》　王税《おうぜい》を靡《な》し

衣裳無新製
童孺縦行歌
斑白歓游詣

草栄識節和
木衰知風厲
雖無紀歴志
四時自成歳
怡然有余楽
于何労智慧

奇蹤隠五百
一朝敞神界
淳薄既異源
旋復還幽蔽

借問游方士
焉測塵囂外
願言躡軽風

荒路《こうろ》曖《あい》として交《まじ》り通《つう》じ
鶏犬《けいけん》互《たが》いに鳴吠《めいはい》す
俎豆《そとう》は猶《な》おも古法《こほう》
衣裳《いしょう》は新製《しんせい》無《な》し
童孺《どうじゅ》縦《ほしいまま》に行《ゆ》き歌《うた》い
斑白《はんぱく》歓《よろこ》び游《あそ》びて詣《いた》る

草《くさ》の栄《さか》えて節《せつ》の和《なご》むを識《し》り
木《き》の衰《おとろ》えて風《かぜ》の厲《はげ》しきを知《し》る
紀歴《きれき》の志《しる》すこと無《な》しと雖《いえど》も
四時《しいじ》自《おのずか》ら歳《とし》を成《な》す
怡然《いぜん》として余楽《よらく》有《あ》り
何《なに》に于《お》いてか智慧《ちえ》を労《ろう》せん

奇蹤《きしょう》隠《かく》るること五百《ごひゃく》
一朝《いっちょう》神界《しんかい》敞《あらわ》る

高挙尋吾契

淳薄《じゅんはく》既《すで》に源《みなもと》を異《こと》にし
旋《たちま》ち復《ま》た幽蔽《ゆうえい》に還《かえ》る
借問《しゃくもん》す方《ほう》に游《あそ》ぶの士《し》
焉《いずくん》ぞ測《はか》らん　塵囂《じんごう》の外《そと》
願《ねが》わくば軽風《けいふう》を躡《ふ》み
高挙《こうきょ》して吾《わ》が契《けい》を尋《たず》ねん

陶淵明のこの詩には、説明がついています。それによると、偶然ここに踏み込むことができたのはひとりの漁師だったと記されています。その漁師はこの村で歓待を受けて帰り、再び役人を伴ってこの村を探すのですが、けっきょく再び見つけることはできなかったといいます。

陶淵明は、詩の最後の部分で、高く鳥のように飛んで上から探せばあるいは見つかるかもしれないというのですが、それもまたできることではありませんでした。

第一章に書いたように、河上肇が好んで読んだ陸游は、自分の故郷の近くで、まるでこの「桃花源」にも似た村を見つけました。そして、そこを何度も訪ね、自らの心の平安を求めたのでした。

仙人になるための薬

社会の変革を訴え続け、理想の社会を夢見た河上肇ですが、皮肉なことに現実の暮らしでは、東京にも京都にも場所としての「桃源郷」を見つけることはできませんでした。それは、杜甫が、どこにも平安の地を求められなかったのと似ているかもしれません。

しかし、挫折のなかで、河上肇は漢詩という新しい「金丹《きんたん》の術（仙人になるための薬を作る術）」を見つけます。それが「漢詩」作りです。

漢字を並べていく作業である漢詩の作詩は、時間がかかるものです。本書は漢詩の教科書ではないので詳細は省きますが、河上肇にとって漢詩作りがなぜ「金丹の術」なのかを伝えるために、簡単に漢詩の作り方を説明しておきましょう。

漢詩を作るためには、まず、平仄《ひょうそく》という規則を知らなくてはなりません。これは漢字の、中国語の発音に由来するものです。

漢詩を作るための中国語の発音には、「四声《しせい》」というものが使われました。これは中国語特有の四つのアクセントで、それぞれ「平声《ひょうしょう》」「上声《じょうしょう》」「去声《きょしょう》」「入声《にっしょう》」で表されます。「平声」のアクセントを持つ漢字は非常に多く、およそ「上声」「去声」「入声」を合わせた数に匹敵します。「平仄」という言葉は、「平」は「平声」のアクセントを持つ漢字、そして、「上声」「去声」「入声」のアクセントを持つ漢字をまとめて「仄《そく》」と呼ぶからです。

漢詩を作るには、このように定式化した平仄の組み合わせに漢字を入れていかなければなりません。

たとえば五言絶句《ごごんぜっく》は、「平」を○、「仄」を●で表すと、こう並べます。

○○○●●

●●●○○
●●○○●
○○○●○

「五言絶句」「七言絶句《しちごんぜっく》」「五言律詩《ごごんりっし》」「七言律詩《しちごんりっし》」という詩型の違いだけでいっても全部で十四種類の「平仄」の並べ方があります。勝手に漢字を並べればいいというものではないのです。

しかも、漢詩は、末尾に韻《いん》を踏まなくてはなりません。五言絶句の場合であれば、第二句目と第四句目は必ず末尾に韻を踏む、七言絶句の場合は第一句目、第二句目、第四句目の末尾に韻を踏むというのが原則です。

自分が詩にしたい内容を漢字に置き換え、平仄を字書《じしょ》で調べ、漢文のルールに合わせて韻を踏ませながら漢字を並べていく。加えて、紀元前五百年以上前から綿々と作られてきた漢詩や漢文の典故《てんこ》を下敷きにしなければ漢詩としての厚みがないと言われてしまいます。

漢詩は簡単にできるというものではないのです。河上肇が「金丹」を作るようなものというのは無理もないことでしょう。

だれにとっても、漢詩を作ることは、ある意味、自分との戦いだと言っていいかもしれません。たったひとりで、何度も何度も漢字を選びながら、詩の世界を深く広いものにしていく作業だからです。

文章の字句を何度も練り直すという意味の「推敲《すいこう》」は、漢詩を作る際の漢字の選択に典故があります。『唐詩紀事《とうしきじ》』に次のように記されています。

科挙を受けるために長安にやって来た賈島《かとう》は、驢《ろ》馬《ば》の上で詩を作っていた。「僧推月下門（僧《そう》は推《お》す月下《げっか》の門《もん》）」という句ができたとき、彼は「推《お》す」としたほうがいいか「敲《たた》く」としたほうがいいか迷ってしまう。手綱《たづな》を持ちながらも、頭のなかでどちらがいいか思いあぐねているうちに、向こうから来た役人の行列に、驢馬がぶつかってしまったのだった。賈島は、役人に捕《と》らえられて、その行列の主人のところに引っぱられていく。その主人とは名文家としても知られる韓愈《かんゆ》であった。賈島は、自分が詩作に耽《ふけ》っていたために、このような不躾《ぶしつけ》をしたとつぶさに語った。すると、韓愈は、「『推』より『敲』がいい、月《げっ》下《か》に音を響かせる風情《ふぜい》が出てよい」と述べ、さらにふたりは馬を並べて詩を語ったという。

漢字一字が、キーストンとなって、詩全体の雰囲気を大きく膨《ふく》らませたり、逆に台無しにしてしまったりすることにもなりかねません。ですから、平仄に合わせ、韻を踏んでいるからといって、漢詩は「推敲」なしには完成したとはいえないのです。

漢字は、およそ五万字あります。そうであれば、五万字のなかから、五言絶句であれば二十字を、七言律詩であれば五十六字を選び出して作る作業だということができるでしょう。いうなれば、大きな森をどんどん歩きながら、必要な漢字を必要な数だけ選んでとって、大きな森のなかに、小さな世界を作ることが「漢詩の作法」なのです。

没頭して、漢字を選んでいるうちに、いいたかったことからどんどん離れていくということもあるでしょう。ですが、そうすることによって、自分の考えを客観的に見ることにもなっていきます。

一瞬の喜怒哀楽を、そのまま書くことができないのが漢詩なのです。

結界を引くようにして

昭和二十（一九四五）年十二月四日、敗戦を迎えて四か月後、河上肇は「擬辞世」［詩45］と題して最後の漢詩を作ります。訳すと次のようになります。

[詩 45]

擬辞世
多少波瀾
六十八年
聊縦所信
逆流棹船
浮沈得失
任衆目憐
俯不恥地
仰無愧天
病臥已及久
気力衰如煙
此夕風特静
願高枕永眠

辞世《じせい》に擬《ぎ》す　河上肇
多少《たしょう》の波瀾《はらん》
六十八年《ろくじゅうはちねん》
聊《いささ》か信《しん》ずる所《ところ》に縦《したが》い
流《なが》れに逆《さか》らいて船《ふね》に棹《さお》さす
浮沈《ふちん》　得失《とくしつ》
衆目《しゅうもく》の憐《あわ》れむに任《まか》す
俯《ふ》して地《ち》に恥《は》じず
仰《あお》いで天《てん》に愧《は》じることなし
病臥《びょうが》　已《すで》に久《ひさ》しきに及《およ》び
気力《きりょく》衰《おとろ》えて煙《けむり》の如《ごと》し
此《こ》の夕《ゆう》べ　風《かぜ》特《こと》に静《しず》か
願《ねが》わくは　枕《まくら》を高《たか》くして永《なが》く眠《ねむ》らん

辞世《じせい》の詩に擬《なぞら》える

多少の波乱のなかでの六十八年の人生、
いささか、自分が信じるところに従い、
時代に逆行した船に棹《さお》をさしてみた。
人生の浮き沈み、得をしたか損をしたかというようなことは、
人がわたしをどう見るかということに任せよう。
しかし、俯《うつむ》いて見る地に、わたしは恥じることはない。
同じように天を仰いで、わたしは恥じることはない。
長く患《わずら》って蒲団《ふとん》から起きることもできなくなった。
気力はどんどん衰えて、もう煙のようだ。
今日の夕べは、風がとても静かだなぁ。
できれば、このまま、安心して永久に眠りたい。

経済学者、共産主義者として、最期まで理想を貫き通した河上肇は、漢詩という金丹の術を得て、昭和二十一（一九四六）年の新年を迎えた一月三十日、息を引きとったのでした。

河上肇の心のなかには、平穏な桃源郷が突然広がったのではないでしょうか。それは他人には決して理解することなどできないユートピアだったのではないかと思います。漢詩は、漢字を並べて作る魔方陣《まほうじん》です。「マンダラ」と呼んでもいいかもしれません。自分の心のなかの平安を中国の経文《きょうもん》という糸にからめて作っていく世界です。

河上肇は、外の世界との間に結界《けっかい》を引くように、自分の世界を深く美しいものにしていく力を、漢詩によって得たのでした。

終章
古代中国の「心」を探る

音で楽しむ

漢文や漢詩を読むために必要な基礎知識は、はっきり言ってありません。あるとすれば、「自分がどう生きるのか」を考えることが、漢文や漢詩を理解し楽しむ道を作ってくれるでしょう。

我が国には、漢詩を訓読で歌うという伝統がありました。伝統といっても、さほど古いわけではなく、江戸後期に昌平坂《しょうへいざか》学問所など、江戸の漢学の発展段階で生まれたもので、「詩吟《しぎん》」、あるいは「吟道《ぎんどう》」などと言います。

しかし、中国では、むかしから「詩」とは「読む」ものではなく「吟《うた》う」ものでした。

それは、古代の『詩《し》』や唐詩などでも同じです。

我が国の『万葉集』に当たる『詩』は、孔子《こうし》が三千篇《べん》あったもののなかから三百十一篇を選んで書物にしたと伝えられますが、もともとこれは儀式で歌われたり、政治的な批判や王を頌《たた》えたりするなかで歌われたものでした。

伝説の帝王、堯《ぎょう》が自らの治世《ちせい》を民《たみ》がどのように思っているかを知るために、お忍びで街に出たという話があります。

はじめ堯帝は、子供が「堯の治世は素晴《すば》らしい」と歌っている歌を聴いて、これは親たちから教えられて歌っているに違いないと考えます。しかし、しばらく行くと、老人が腹を太鼓《たいこ》の代わりに叩《たた》き、杖《つえ》で地面を突いているのに出会います。
老人は次のように歌っていました。

日出《ひい》でて作《な》し
日入《ひい》りて息《いこ》う
井《せい》を鑿《うが》ちて飲み
田を耕して食う
帝力、我に何かあらんや

日が昇れば働く。
日が沈めば休む。
井戸を掘って水を飲み、
畑を耕して食べる。
帝の力があろうがなかろうが関係ない。

これは「鼓腹撃壌《こふくげきじょう》」という故事成語《こじせいご》として知られますが、堯はこの歌を聴いて、自分の治世が間違っていないことを知って安心したというのです。

さて、この歌は原文では、

日出而作
日入而息
鑿井而飲
耕田而食
帝力何有於我哉

と書きます。

これを中国語で読むように、カタカナに直してみれば次のようになります。

リー　チュー　アール　ツォ
リー　ルー　アール　シー

ツァオ　ジン　アール　イン
ゲン　ティエン　アール　シー
ディー　リー　ホー　ヨウ　ユー　ウォー　ツァイ

「日出《ひい》でて作《な》し」という堅苦しい漢文の読みとは異なり、中国語は伸びやかで、本当に何も心配がない長閑《のどか》さに満ちた音の響きに聞こえてきます。

中国の人の話し方は、日本人にとって耳障《みみざわ》りに感じることもあるでしょう。語気が鋭く、まるで喧嘩《けんか》をしているかのように聞こえるからです。

しかし、漢詩を、中国語の美しい音色で聞くと、我が国の和歌や能の謡曲《ようきょく》に通じるものを感じます。

数学との共通点

「漢詩」とは、漢字を使って書かれたポエムです。

作った人は、他に方法がないから、自分の感情や風景などを、漢字を並べて書き綴《つづ》りました。それがたまたま漢字で書かれているだけのことだと思えば、難しく考えずとも、パズルでも解くように読めばいいのです。

漢詩は難しい！　見ただけでも漢字が並んでいるだけで怖い感じがする！

この言い方って、「数学って難しい！　見ただけでも数式が……」と同じではないでしょうか。

では、なぜ「漢字」や「数学」が難しく、怖いと思うのか。おそらくそれは、書かれていることが具体的に見えないからでしょう。

本を開く。……わけのわからない漢字や方程式がダラダラと並んでいる。

ギブアップ！

これは当然の反応でしょう。

そんなわけのわからないもの、見たくもない。もっとおもしろい本が世の中には溢《あふ》れている……。

では、なぜ、漢字で書いてあると、具体的なものが見えないのでしょうか。

もちろん、一つには慣れというものがあるかもしれません。

朝起きて夜寝るまで、まわりに書かれたものが漢字だけだったらどうでしょう。

生きていくには、漢字で書かれたものを読み、漢字を覚え、漢字を綴《つづ》り、そして漢字を使った言葉（たぶん、中国語？　あるいは漢文？）で話すしか方法がない。それに慣れれば、漢字は非常に具体的な世界を見せてくれることになるでしょう。

本屋に行って本を開いて、そこに書いてある言葉が漢字であっても、「当然よね」とあきらめ、内容がおもしろそうだったら買うかもしれません。

……だけど、ここは日本。中国でもなければ、明治時代以前の日本でもない。漢文で書かれたものなんて、教科書の世界だけです。

そう……だったらやっぱり慣れることはありません。街角で見るくらいの漢字なら高校までに習っているものばかりだし、漢文の教科書に見えるように漢字だけが何ページにもわたって書かれたものを目にする機会などほとんどないのですから。

それに、高校で漢文を習う人は、もうほとんどいなくなってしまいました。

日本の文学として高校三年生で必修になっていた「漢文」は必修ではないし、それ以上にもう森鷗外《もりおうがい》の『舞姫《まいひめ》』も、夏目漱石《なつめそうせき》の『こころ』も学びません。多くの高校生が「国語」の授業で学ぶのは、「論理国語」と呼ばれる「契約書」などの文章なのです。

たとえば、クリスマスプレゼントに、「読んでみるとオモシロイよ！」と、大好きなガールフレンドかボーイフレンドが、漢文か漢詩の本をくれたとします。

……そうして漢詩を読み始めました。漢和辞典まで付けてくれた！

でも、たぶん彼（女）は、プレゼントをしてくれた相手の言う漢詩漢文のおもしろさに引き込まれる前に、本を部屋の隅に置いてしまうでしょう。

漢文なんてやったって何の役にも立たない。それより英語、英会話の時代である。漢文は古くさい……などと言われると、もうだれも何もすることができません。古くて役に立たないものは、はっきり言ってゴミです。そして生きることと無関係なら、ガラクタです。廃品回収業者も引き受けてくれないかもしれません。

実際、筆者が奉職した大学だけでなく、「中国文学」を看板にしてきた大学の学科は、激しい定員割れを起こして、明日の望みがまったくありません。

十代後半、二十代前半くらいの学生にとって漢文漢詩は、まったく生きることと無関係な代物《しろもの》なのです。

それでは数学はどうでしょう?

これだって、普通の生活では加減乗除《かげんじょうじょ》の算数程度をこなせればなんの不便も感じません。

数学も漢文と同じく、まったく無用のものです。

記号ばかり……数式の記号は「読む」なんてこともできないんだから、ゴミよりもっとひどいかもしれません。

では、むかしから漢字や数学の記号は、「具体的な（役に立つ）もの」ではなかったのか。

なぜこれらはガラクタやゴミ、エイリアンの言葉になってしまったのか。

どうして高校まで習えば、後は忘れてしまってもいいものになってしまったのか。

学校は、無駄なことに時間を割いて、生活に役に立たない数学や漢文を教えているのだろうか。

たぶん、そんなことではないと思います。

きっと何か、あります。教え方に上手下手《じょうずへた》はあったとしても、漢文や数学を通じて、先生方はきっと何かを教えてくれているはずです。

そのひとつは、コミュニケーション（の方法）ということでしょう。

まず、日常何も気にせずに使っている日本語とはまったく違ったコミュニケーションの方法があるということ。そうした世界が存在することを、我々は学校で習うのです。

それが役に立つか、役に立たないゴミになるかは、使い方次第です。

自分が知らない世界をほんの少しでも垣間見《かいまみ》ることは、自分が宇宙のひとかけらの塵《ちり》でしかないと悲観したり、自分が一番、自分は何でも知っているんだと傲慢《ごうまん》になったりするのを、きっと未然に防いでくれるに違いありません。

世界は驚異に満ちています。ベールをはがせば、表面的には見えなかったものがオドロキと喜びで満ちあふれていることも珍しくありません。

漢文の世界、数学の世界というのも、その一つなのです。

数学は、神様が創った世界を記号に置き換えてその法則を見つけようとする学問です。足したり、引いたり、掛けたり割ったりすることで無限の秘密が数という文法の下《もと》でベールを脱ぎます。

もしかしたら神様が創った世界の秘密は、全部数字に置き換えて理解することができるかもしれない。数学に携わって方程式を作った人たちは、皆そう考えました。

世の中のすべてを、数学の世界で決められた文法に置き換える術《すべ》を身につければ、目の前に散らばる具体的なものを、抽象的な記号の世界に置き換えてコミュニケーションができます。

つまり、それは「それぞれの物」が持っている「神が与えた理《ことわり》」を抽象的な数の世界に描き出す方法です。だから「物理」という学問は、数学とともに発達してきたのです。

こうした数学の世界と同じように、漢文もまた、日本語とは違うコミュニケーションの仕方があることを教えてくれます。

書き捨てる文とは違って

それでは、なぜ、漢文は難しいのでしょうか。それは、漢字が、具体的な世界を見せないまま、非常にかたくなな形で存在しているからです。「物の理」のようには測れない「心」が漢字で書かれているのだから、しようがないのかもしれません。

そもそも、漢文には数学のように決まった法則がありません。

基本的には英語と同じように主語、述語、目的語、補語の順序に並んでいますが、主語が省略されている場合、目的語や補語が倒置して書かれていることも多く、しかも本来の漢文には句読点さえ記されていません。これでは何を言いたいのか、よくわからない……ということになるのももっともです。

漢文は、「簡素」をもって「旨《むね》」（もっとも大切なこと）とします。

ダラダラとなんでもかんでも、漢字を並べているわけではありません。

それに、古人が漢詩を書いていた時代は、今のようにパソコンを使って文章を書き画面の上で推敲《すいこう》するなんてことはできません。むかしは紙もふんだんにあるわけではありません。

漢文を使って文章を書いていた人たちは、書いたものを何度も頭の中で繰り返し、不必要なものを切り捨てていきました。

主語がなくても文意が通じれば、主語の部分を削ったし、ある部分を強調するためには文法を無視することもあったでしょう。

書き捨てる文章とは違って、何かを伝えようとする熱いものがあればあるほど、文章は複雑な層が重なりあうような姿になっていきます。

難関は、漢字でしょう。

漢詩は、見るからに厳《いか》めしい。人を寄せ付けまいとでもしているかのように黒々とした文字が石垣を積んだ城郭《じょうかく》のように立ちふさがっていれば、よほどの強者《つわもの》でもないかぎり、これに立ち向かおうとはしないでしょう。

中国大陸で行われた漢字の簡略化（簡体字《かんたいじ》）は、漢字を少しでもアルファベットのような記号のようなもの、視覚的なとりつきやすさへと誘《いざな》うためでした。

多くの漢字には、複数の意味があります。漢和辞典には書かれていない意味があったり、辞書はあまり役に立たない場合さえあります。そうなると、仕方がありません。前後の関係から意味を取らざるを得なくなります。

漢字は表面的に指標を示しているだけ……辞書はその「取っかかり」の部分を最低限、最大公約数的に示してくれているに過ぎません。

そもそも言語とはそういうものです。

たとえば日本語でも英語でも、「ことば」は多くの場合、何かを直接指し示したり、説明してくれるように見えても、実のところ、書かれていること、あるいは作者の意図をどこまで反映しているのか、それは未知数なのです。

だからこそ作家は文章を書くのに悩むのだし、読み手は書かれている表面だけを撫《な》でながら作者の意思をそこから追い求めようと努力します。

一見わかったように感じることがあるのは、書いた人と読んでいる人の周波数が一致するチャンスがあるからです。

漢文（漢詩）が読みにくい、理解しにくいのは、むかしのものを受け渡してきた中国文化の背景が、我々現代の日本人にはっきりと具体的には理解できないから。それが、もっとも大きな原因であるように思われます。

中国の人たちが、しかも古代に生きていた人たちが何を目的に、どんな暮らしをしていたのか、皆目見当がつかないとしたら、彼らが書いたものを読んでも、周波数を合わせて、彼らに耳を傾けるなんてことができるはずがありません。

心を共鳴させれば

だったら、どうやって読めばいいのよ？　という質問が出るのは当然である。

精神力？　習うより慣れよ？

もちろん、それらが必要な場合があるでしょう。いつも声に出して漢文を読んでいれば、次第に慣れて読めるようになるのも事実です。

もしかしたら、「ゲッ！　漢文？」と思う人も、続けていれば漢文なしの生活なんて考えられない、ということになる可能性だってないとは言えません。

我々と同じように、この地上に住み、同じように息をして、食事をし、そして春夏秋冬の自然の移り変わり、人との出会いや別れに心を動かし、彼らは漢字を使って漢詩を書きました。

難しいと言っても、理屈を追いつめていく数学や物理とは異なり、もっとゆったりと構えて心を共鳴させれば読めてくることもあるかもしれません。初めから張り切りすぎて全部をわかろうとするより、わかるところから少しずつ、彼らが考えたであろうことを自分の身に置き換えてみる訓練をするのも、一つの方法であるのかもしれません。

そうは言っても、古典の中国という世界は、やはり現代とは異なる特別な思想や考え方が、書き手の意識を決定しているところがあります。

それは儒教や道教という言葉で呼ばれるものであるかもしれません。

それでは、「儒教」や「道教」が何かと言うと、だれもそれを簡単には説明できないのです。現代の我々が「資本主義」や「民主主義」を空気のように感じているのと同じように、目には見えないものだからです。

明治時代の人たちが漢文や漢詩に共鳴することができたのは、それがまだ江戸という文化を背景に彼らの身体に染《し》みこんでいたからです。しかし、そうした「空気」を今我々が理解しようとすれば、専門的な概説書をひもとかなくてはならなくなってしまいました。

それが、「時代」というものでしょう。

では、専門書を開かなくては、もはや彼らが吸った空気を我々は共有することはできないのでしょうか。

そうではないと、筆者は思います。

思想という分野においては、少なからず研究書に拠《よ》りつつ原書を解読する必要があるかもしれません。しかし、それに対して文学は、気軽に向き合えます。

読んでおもしろければ、それでいいではないか。わからなければ途中で止《や》めて、別のものに乗り換えればいい。文学のいいところは、まさにここにあります。

文学作品を書いた人たちも、同じように自分にとっておもしろいものを読み、それに感化されながら文章を綴《つづ》っているのです。

……とすれば、自分がおもしろいと思う作家に影響を与えたものは何だったかと探っていけば、おのずと古代までさかのぼることだってできます。

「漱石」「獺祭魚」からさかのぼる

文学史と言うと、上古《じょうこ》から始まって近現代にいたるまで時代を下って説明してくれるのが常ですが、個人的には、それでは文学の流れを捕まえることはなかなか難しいのではないかと思っています。

教科書、概説書ももちろん必要ではありますが、自分に近い時代の作家、好きなジャンルを少しずつさかのぼっていくほうが、興味からも離れず、もっとも身近なものとして深く理解できると思うからです。

たとえば、日本の作家の中で夏目漱石に影響を受けなかった人は非常に稀《まれ》であろうと思います。「漱石には興味がない」という人でも、おそらく少年期には『吾輩《わがはい》は猫である』

や『坊《ぼ》っちゃん』の一部なりとも読んだことがあるでしょう。

では、彼のペンネーム「漱石」は、どこに出典があるのでしょうか。

これはよく知られるように中国六朝《りくちょう》時代に作られた古典、『世説新語《せせつしんご》』という本にある故事、「漱石枕流《そうせきちんりゅう》」（石に漱《くちすす》ぎ流れに枕《まくら》す）から取られたものです。

本当は「枕石漱流（石を枕にして、流れに漱ぐ）」と言いたかったのに、つい言い間違いをして、それを指摘されても「オレは、石で口を漱ぐのだ」と言い張った孫楚《そんそ》という人の話。負け惜しみの強いことの喩《たと》えとして使われた熟語をペンネームとして使用したのです。

それでは、『世説新語』とはどういう本なのでしょうか。

これは、わかりやすく言うと、「世の中で囁《ささや》かれているニュース」、つまりゴシップを載せる週刊誌にも似た六朝当時の人物批評の本です。そしてこの本は、『三国志演義《さんごくしえんぎ》』が作られるためには、不可欠の材料でした。

つまり、事実として描かれる人物の特徴的な行動を極端に誇張して揶揄《やゆ》するというジャンルが、『世説新語』で作られたことで、それ以降の人たちは、事実に脚色を加え、さまざまなキャラクターを持った人物を登場させ、現在に似た「小説」という虚構の現実を創作するようになったのです。

また、「漱石」というペンネームは、当初、親友の正岡子規《まさおかしき》の数多いペンネームのうちの一つでしたが、夏目金之助《きんのすけ》（漱石の本名）は彼からこれを譲り受けたということも、文学に興味のある人ならご存じでしょう。

それでは、正岡子規のペンネームの一つにある「獺祭魚《だっさいぎょ》」とはどこに淵源《えんげん》があるかと言うと、これは、李商隠《りしょういん》という唐代の文人から取られたものです。

カワウソが魚を並べてから食べるように、資料をたくさん目の前に置いてそれを参照しながら文章を書いていくという喩《たと》えです。

しかし李商隠以前にも、この言葉は漢代（紀元前百年ごろ）に作られた『礼記《らいき》』という書物にすでに見えます。『礼記』とは、『論語』が作られた際に漏れた孔子や、孔子の弟子の言行録《げんこうろく》などを集めたもので、この中には四書《ししょ》の一つである『大学《だいがく》』や『中庸《ちゅうよう》』という篇《へん》も入っています。

こんなふうにして我々が知っているところからも中国の古典へとさかのぼっていくことができるとしたら、概説書をひもとくよりも、もっとおもしろいものが見えてくるかもしれないし、古典が我々の生活にもまだ生きていることが感じられることでしょう。

江戸や明治時代の文人たちは、漢字を使って文章や詩を書くことによって海を隔てた中国人と、そして自らを培《つちか》った中国の古典と対話を行っていたのです。

今は英語が国際語。漢文が国際語として存在した時代は、遥《はる》かむかしに遠ざかります。

もちろん実践的ということから言えば英語を勉強することも必要です。しかし、これまで我々日本人を支えて来た中国の古典を理解することも決して無駄《むだ》なことではないのではないでしょうか。それは、教科書などで作り上げられた歴史のベールを引きはがし、もう一度深く「日本の近代化とはなんだったのか」を問うことにもつながるでしょう。

そして、これから経済的にも大きく発展していくに違いない現代中国を知るためには、どうしても古典の世界を知ることが必要です。

広い中国、深い中国……彼らは漢字という東アジアの国際語を使って詩を作り、文を書き、「心」を綴ってきました。その「心」を脈々と探ろうとすれば、時間がかかります。たくさんの「疑問」を自分の中に溜《た》め込んで、自分の経験がピタリと一致すれば、驚くほどの喜びとなって、共感を得ることができます。

それは、漢詩の「作法」や「漢詩漢文を知るための基礎知識」などを飛び出したものです。

音を並べる技「平仄」

漢詩漢文には、文法がありません。

漢詩漢文、中国語は、動詞の変化もありません。置かれた漢字の場所によって、その漢字は、名詞にもなれば、動詞にもなり、形容詞にもなります。

そんな言葉に、ヨーロッパ的な「文法」で「型」を付けること自体、ナンセンスです。我々、現代日本人でも、文法など無視して話をし、文章を書いています。もう高校でも英語の文法や日本語の文法なども教えません。教えても何も意味がないし、教えることが不可能だからです。

ただし、人の心に響く漢詩には、必ずある意味の緊張感があります。それを支えているのが、「平仄《ひょうそく》」と呼ばれる音の並びであり、そして「対句《ついく》」と呼ばれる表現方法です。

まず、平仄について。

第五章でも触れましたが、漢詩には、「絶句《ぜっく》」と「律詩《りっし》」があります。たとえば、五言《ごごん》絶句や七言《しちごん》絶句、五言律詩、七言律詩のごときで、決して「五言絶詩」とか「七言律句」などという言葉はありません。

「絶句」は、「半分に切った句」という意味です。そうであるとすれば、もともと五言絶句や七言絶句とは、五言律詩と七言律詩があって、これを半分にしたという意味です。

「律」という言葉は、そもそも社会を守るための「規律」という意味で作られましたが、仏教が中国に入ってきてからは「戒律」としても使われるようになります。「戒」は社会など外的な面からの規制で、「律」は個人が内面的自主的に規制を守ることです。そして、「律詩」とは「格律ある詩」という意味で、自主的に詩としての風格を守るものです。その風格とは、理想的な中国語の発音での歌い方です。

中国語の発音に従って作詩の規則となった「平仄」は、もともと「律詩」を作るために生まれたものでした。

現代中国語の発音アクセントは、第一声から第四声まで四種類に分類されますが、唐代には平声《ひょうしょう》、上声《じょうしょう》、去声《きょしょう》、入声《にっしょう》と分類されていました。

平声は低音で平らな調子、上声は高音からさらに上がる調子、去声は低音から上がる調子、入声は末尾の音が「――p」「――t」「――k」で終わるものです。

たとえば、日本で使われる漢字で「合」は旧仮名遣《きゅうかなづか》いでは「ガフ」という音読みでした。これは、唐代の入声で「gap」という発音だったことの名残《なごり》です。また「達」は「dat」、「各」は「gak」など、入声と呼ばれるものですが、宋《そう》代以降にはこの入声が消えてしまいます。このことは押韻《おういん》とも関係することなのでまた次の「押韻」のところで詳しく説明しますが、唐代までの詩の平仄とは、平声の「平」、上声・去声・入声の三つを合わせたものを「仄」と呼んだものです。

これは、漢字を連ねて書いた場合、その音の響きが耳に心地よく、また歌いやすい組み合わせにするためのもので、それこそが中国的な風格を持った音の並びで「律詩」にはこれが求められました。

「春望《しゅんぼう》」をはじめ杜甫《とほ》が得意とした律詩は、この平仄に則《のっと》って記されています。杜甫が「詩聖《しせい》」と呼ばれたのは、必ずしも詩の内容だけではなく、「律」を守った詩を作ったからなのです。

意味を深める技「対句」

それでは、対句《ついく》とは何でしょうか。
杜甫の「絶句」は、

江碧鳥逾白　　江《こう》　碧《みどり》にして　鳥　逾《いよいよ》白く
山青花欲然　　山　青くして　花　然《も》えんと欲《ほっ》す

という句で始まっています。
最後に書かれた「然」という漢字は、今であれば「燃」と書かれるでしょうが、唐代、杜甫が生きた時代は、必ずしも「火」偏《へん》がなくても、人々はこれを「燃える」と読むことができました。燃え上がる炎のような赤い色を示します。

さて、この二句を対照して比べてみましょう。

「江」に対して「山」、「碧」に対して「青」、「鳥」に対して「花」、「白」に対して「燃える赤」を配置しています。

しかも、「逾」と「欲」という字は、杜甫の時代、それぞれ「yiu（イユ）」と「yiuk（イユック）」と発音されました。韻尾《いんび》に「k」が有るか無しかの違いです。

これほどの完璧《かんぺき》な対句は、なかなか作れるものではありません。

ところで、対句の伝統は、中国では『詩』以来の伝統でした。

桃之夭夭　灼灼其華
之子于帰　宜其室家
桃之夭夭　有蕡其実
之子于帰　宜其家室
桃之夭夭　其葉蓁蓁
之子于帰　宜其家人

桃《もも》の夭夭《ようよう》たる　灼灼《しゃくしゃく》たる其《そ》の華《はな》
之《こ》の子《こ》于《ここ》に帰《とつ》ぐ　其《そ》の室家《しっか》に宜《よろ》し
桃《もも》の夭夭《ようよう》たる　蕡《ふん》たる有《あ》り其《そ》の実《み》
之《こ》の子《こ》于《ここ》に帰《とつ》ぐ　其《そ》の家室《かしつ》に宜《よろ》し
桃《もも》の夭夭《ようよう》たる　其《そ》の葉《は》蓁蓁《しんしん》たり
之《こ》の子《こ》于《ここ》に帰《とつ》ぐ　其《そ》の家人《かじん》に宜《よろ》し

これは序章で紹介した「桃夭《とうよう》」という詩で、『詩』の初めに収められています。古詩《こし》に特徴的な換韻《かんいん》（一首の途中で韻を変えること）と呼ばれる形で書かれています。具体的には、「華《か》・家《か》」「実《じつ》・室《しつ》」「蓁《しん》・人《じん》」という韻を使っています。「桃夭」に用いられた換韻は、詩の韻律《いんりつ》美を高める効果があります。将来のより洗練された技法「対句」へとつながる萌芽《ほうが》を感じます。

対句は、魏晋南北朝《ぎしんなんぼくちょう》時代になって画期的に進化しました。六朝文化とも言われますが、後漢《ごかん》が滅亡した二二〇年から隋《ずい》が全土を統一した五八九年の間です。とくに南朝では、貴族文化が華やかでした。彼らは自分たちだけがわかる言葉を使って詩文の技巧《ぎこう》を極限にまで高めました。そのひとつが対句だったのです。

六朝の対句とは、行間に意味を持たせるという対句の方法です。そしてその伝統は、唐代になってもなお続いていました。

先の杜甫の詩で言えば、たとえば「白」と「然（赤）」との対は「死」と「生」を表します。「鳥」は魂《たましい》となって天に旅立つ死者であり、それに対して「燃える花」は「生きること」を意味します。

これに続く下《しも》の二句は、

今春看又過
何日是帰年

今春《こんしゅん》看《みすみす》又《ま》た過《す》ぐ
何《いず》れの日《ひ》か是《こ》れ帰年《きねん》ならん

と記されますが、これは、「いつになったら故郷に帰れるのだろうか」と自問しつつ、それができる時間がすでに残されていないこと、つまり自分の「死」を予感します。つまり、この詩にはすでに冒頭から「死」を意識した書き方になっているのです。

対句は単に言葉を対称的に置いたものではありません。理解の度合いを相手に試し、漢詩をより深くするための技巧でした。

そして、それこそが、非常に中国的、読書人的な教養だったのです。

おわりに

小中学校には「道徳」という授業があった。高校に入ると「倫理」という授業があった。道徳にしても倫理にしても、人の道を踏み外さないようにということを教えるものである。皆がこうした教えを守れば、世界はどんなにか平和なものになるだろう。

しかしそれは不可能であったのだろうか。「道徳」「倫理」という言葉はあまり使われなくなった。

「ユートピア」という言葉があった。一九八〇年代までに社会主義、共産主義の政治を求める人たちはこの言葉をよく使った。しかし、ベルリンの壁が壊れ、ソ連が崩壊すると「ユートピア」という言葉は聞かれなくなった。

「ユートピア」とはなんだったのか。漢語で「桃源郷《とうげんきょう》」といわれるような、ありもしない理想郷だったのだろうか。

大学三年のとき、授業開始のチャイムから三十分が過ぎるころに先生が現れて、黒板に一首の詩を書くと、「いいですなぁ」というだけで終わる「漢詩入門」という授業があった。

先生は、一気に漢詩を書かれると、しばらく黒板を眺《なが》め、すこし漢字を書き換え、「いいですなぁ、……それではまた来週」といって帰っていかれる。腰は曲がっておられたが長身で、仙人のように痩《や》せて、お年は七十をいくつか越えていらっしゃった。

なにがいいのかの解説もなければ、作者がだれかも教えてくださらない。出欠もとらない先生なので、ほとんどの学生は、まもなく出席することもなくなった。わたしも何回かは休んだが、一年後輩の友人は毎回、授業に出ると、その詩を写して、暗唱するほどにまで読む。

そして、「先輩、この詩のどこがいいんですかね」というのである。そういわれれば、調べたくもなる。

現在のようにインターネットがあれば、簡単にそれを検索することもできるだろうが、当時は本で調べるしかなかった。まず、だれが書いた詩か、わからない。

時代だけでも教えてくださっていれば、参考書を探せるが、それもない。そうかといって、闇雲《やみくも》に漢詩集をめくっていくわけにもいかない。

せめてだれが書いた詩かくらいは教えてもらおうと、授業のあと、ふたりで先生のところに行ったのだが、先生は笑っておっしゃる。

「作者がだれかは知らなくても、いい詩は、本当にいいですなぁ」

じつは、我々がどれだけ調べても、だれの詩か、わかろうはずもなかった。先生は、自分が作った詩を黒板に書いていらっしゃったのだ。それがわかったのは、ほかの先生に、詩の検索の仕方を教えてもらいに行ったときだった。「見つかるわけがないじゃないか」といって、「いいですなぁ」の先生が出版された自作の漢詩集を我々の前に出されたのである。

当時、漠然《ばくぜん》とではあったが、漢詩というものは古い時代のもので、現代に生きる我々が実際に作ることなどないとばかり思っていた。

ところが、それは間違いだった。漢詩を作る伝統は、まだ生きていたのだ。

先生の漢詩が「いいですなぁ」といえるものかどうか、我々には判断できなかったが、見様見真似《みようみまね》で漢詩を作ってみると、じつにおもしろい。

我々は、適当に漢字を並べて詩を作り、授業の終わりに、先生のところにもっていった。

「先生、この詩はいかがでしょうか」

先生は、老眼鏡を掛けてそれを見ると、「いいですなぁ」といわれたのである。

「だけど、平仄《ひょうそく》もまったく無茶苦茶《むちゃくちゃ》で、典故《てんこ》もなにもありませんなぁ」

漢和辞典を開きながら平仄に合わせて、典故が見えるように漢字を並べていった。一週間かけて一首作り、それを先生のところに持っていく。

するると、先生は、「いいですなぁ」といってくださる。

「だけど、骨がありませんなぁ」

「骨」というのは、詩の芯《しん》になるようなものであると先生はおっしゃる。漢詩は一度、一気呵成《いっきかせい》に書いて、あとで漢字を並べ替えていくものであるらしい。辞書を頼りに漢字を並べていくと、「骨」がなくなってしまうというのだ。

つまり、「想い」が先にあった、それを形にする力が「骨」を作る。

「それができないといい詩にはなりませんなぁ」

こんなふうにして、我々は、ほんのすこしだけではあったが、漢詩の手ほどきを先生から指導していただいたのだった。残念ながら、先生はその年いっぱいで退職され、我々もそれぞれ大学卒業後の進路を前に、漢詩を作ることはなくなった。

「むかしはよかった」と、人はいう。「いいですなぁ」の先生からも、この言葉を聞いた。

しかし、江戸の人も同じことをいったし、ずっとさかのぼれば、紀元前五〇〇年ころにいた孔子《こうし》も同じことをいっている。

むかしが本当によかったとしたら、世の中は時代を経るごとにどんどん悪くなっているということであろう。

我々は、世の中をよくして「ユートピア」の世界を創っていこうとしているのではないか。それにもかかわらず、世の中がどんどん悪くなっていると感じるとしたら、我々はすでに「ディストピア」という世界観に苛《さいな》まれているということになる。

「ディストピア」とは、「ユートピア」の反対語で、希望のない世界をいう。

我々には、希望はないのであろうか。

そんなことはあるまい。どれだけ絶望的な世界にいたとしても、人はこれまで生き抜いてきた。魯迅《ろじん》は、「絶望の虚妄《きょもう》なること、まさに希望に相同《あいおな》じ」(『野草』所収「希望」)といった。

「ディストピア」である「現実」を「ユートピア」に変えて笑うためには、豊かな精神が必要であろう。

漢詩は、そうしたものを育ててくれるものではないかと思うのである。

大学を卒業してから二十年ほどして、私は一首の詩を、友人から受け取った。

白雲千載空悠悠　　白雲《はくうん》　千載《せんざい》　空《そら》悠悠《ゆうゆう》

晴川歴歴高社樹
芳草萋萋天竜洲
人生日暮何処行

晴川《せいせん》　歴《れき》々《れき》たり　高社《こうしゃ》の樹《じゅ》
芳草《ほうそう》　萋《せい》々《せい》たり　天竜《てんりゅう》の洲《す》
人生《じんせい》　日暮《じつぼ》　何《いず》れの処《ところ》にか行《ゆ》かん

白い雲が、千年の時を流れるように空を悠々《ゆうゆう》と流れていく。
晴れわたった川に、高社山《こうしゃさん》の樹木がくっきりと見え、
芳《かぐわ》しい草が天竜川《てんりゅうがわ》の洲《す》に青々と生《お》い茂《しげ》る。
人生の日暮れ、わたしはどこに行こうとしているのか。

これは、唐代《とうだい》の詩人・崔顥《さいこう》（生年不詳〜七五四）が書いた「黄鶴楼《こうかくろう》」（『唐詩選《とうしせん》』巻五、所収）の詩を使って書いたものですと、添えられた手紙には記されていた。

彼は、卒業後、郷里の長野に帰って高校の国語の先生をしていたが、若くして不治の病に冒されていたのだった。

四十四歳で、友人が亡くなってからすでに二十年近くが過ぎる。

「漢詩というものは、想いを凝縮して作る缶詰みたいなものですね」という彼の言葉が、いまもわたしの耳底《じてい》には残っている。

本書は、漢詩を読み下し、漢詩の持つ味わいを説明するという通常の漢詩の本ではない。この本でわたしは、「自分がどこに行こうとしているのか」と問いながら、「想いの缶詰」を無心になって作っていった人々の詩を紹介し、改めて漢詩とはなにかということを考えたいと思った。

文芸も含め、芸術と呼ばれる世界は、自分を豊かに育ててくれる場所である。極めれば極めるほど、さらに深い世界があることを知る。

そんな世界を持てる人は、幸いである。

もちろん、そういう意味においては、ユートピアは、漢詩という世界だけにあるわけではない。ただ、漢詩には、そういうことを考えるヒントが、比較的わかりやすく見える点があるのではないかと思うのだ。

大学三年のときの「漢詩入門」では、友人も私も「C」の評価しかもらえなかった。友人はともかく、わたしは当時「漢詩入門」が終わっても、漢詩のなんたるかさえわかっていなかったのだから当然だ。

本書を書き終え、ようやくわたしは漢詩の世界に入門した思いである。

菫《きん》雨《う》白《はく》水《すい》堂《どう》　山《やま》口《ぐち》謠《よう》司《じ》

参考文献

『円熟詩人　陸游』〈中国の詩人　その詩と生涯十二〉、村上哲見、集英社、一九八三年
『剣南詩稿校注』〈中国古典文学叢書〉銭仲聯校注、上海古籍出版社、二〇〇五年
『陸放翁詩解』鈴木虎雄、弘文堂、一九五〇～一九五四年
『決定版　吉川幸次郎全集　第十八巻』筑摩書房、一九七〇年
『漱石漢詩研究』和田利男、人文書院、一九三七年
『漱石と河上肇』一海知義、藤原書店、一九九六年
『漱石の漢詩』松岡讓、十字屋書店、一九四七年
『杜詩』全八冊、鈴木虎雄・黒川洋一訳注、岩波文庫、一九六三～一九六六年
『杜甫全詩集』鈴木虎雄訳注、続国訳漢文大成／日本図書センター復刻、一九七八年
『杜甫大辞典』張忠綱主編、山東教育出版社、二〇〇九年
『中国科挙文化』劉海峰、遼寧教育出版社、二〇一〇年
『李白と杜甫』高島俊男、講談社学術文庫、一九九七年
『漢詩大系　蘇東坡』近藤光男、集英社、一九六四年
『蘇軾詩集』王文誥輯注、中華書局、一九八二年
『一海知義著作集　漢詩人河上肇』藤原書店、二〇〇八年
『河上肇研究』末川博編、筑摩書房、一九六五年
『河上肇小伝』河上肇記念会・東京河上会編、河上肇生誕百年祭推進本部、一九七九年

＊本書は『ディストピアとユートピア――パズルを解くように漢詩を読む』（二〇一五年、ｄＺＥＲＯ）を改題し、大幅に加筆・再編集した作品です。

［著者略歴］
中国学研究者（専門は文献学、書誌学、日本語史など）、博士（中国学）、平成国際大学学術顧問、大東文化大学名誉教授、中国山東大学客員教授。1963年、長崎県に生まれる。大東文化大学文学部大学院博士課程後期在学中、東洋文庫兼任研究員を経てケンブリッジ大学東洋学部共同研究員となる。同時に、フランス国立高等研究院人文科学研究所博士課程後期に在籍。帰国後は大学で教鞭をとるかたわら、イラストレーター、書家としても活動している。
著書に、『妻はパリジェンヌ』（文藝春秋）、第29回和辻哲郎文化賞を受けた『日本語を作った男』（集英社インターナショナル）、『ん――日本語最後の謎に挑む』（新潮新書）、『唐代通行『尚書』の研究』（勉誠出版）、『文豪の凄い語彙力』（新潮文庫）、『これだけは知っておきたい日本の名作』（さくら舎）などがある。

30歳《さい》からの漢詩《かんし》エントリー

それは「どう生《い》きるか」を考《かんが》えること

著者　山口謠司《やまぐちようじ》

2024年4月20日　第1刷発行

装画　iziz
装丁　大口典子（ニマユマ）
発行者　松戸さち子
発行所　株式会社dZERO
https://dze.ro/
千葉県千葉市若葉区都賀1-2-5-301 〒264-0025
TEL: 043-376-7396 FAX: 043-231-7067
Email: info@dze.ro

本文DTP　株式会社トライ
印刷・製本　モリモト印刷株式会社

978-4-907623-69-2